Charmed

Charmed

Zauberhafte Schwestern

Prues Vermächtnis

Roman von
Torsten Dewi

vgs

Die Deutsche Bibliothek – CIP-Einheitsaufnahme

Charmed – zauberhafte Schwestern. – Köln : vgs
(ProSieben-Edition)
Prues Vermächtnis : Roman / von Torsten Dewi. – 1. Aufl. – 2002
ISBN 3-8025-2948-0

Das Buch »Charmed – Zauberhafte Schwestern. Prues Vermächtnis« von Torsten Dewi entstand auf der Basis der gleichnamigen Fernsehserie von Spelling Television ausgestrahlt bei ProSieben.

1. Auflage 2002

Lektorat: Ilke Vehling
Produktion: Wolfgang Arntz
Umschlaggestaltung: Sens, Köln
Titelfoto: © Spelling Television Inc. 2002
Satz: Kalle Giese, Overath
Druck: Clausen & Bosse, Leck
Printed in Germany
ISBN 3-8025-2948-0

Die Sieben Todsünden

1

»Okay, hier muss es irgendwo sein«, sagte Prue, während sie den Wagen abschloss.

»Und dieses ›es‹ kannst du nicht ein wenig genauer definieren?«, fragte ihre Schwester Phoebe, als sie missmutig die Straße mit den langweiligen einstöckigen Flachdachhäusern musterte.

»Irgendwas Ungewöhnliches«, antwortete Prue, aber ihr Gesichtsausdruck verriet, dass sie keine Ahnung hatte, was sie damit meinte.

Die jüngste der drei Halliwell-Schwestern seufzte hörbar: »Warum habe ich mich bloß von dir überreden lassen? Zu Hause wartet Arbeit auf mich. Und das schöne Wetter wäre Grund genug, in den Park zu gehen. Diese Schnitzeljagd ist doch blöd.«

»Dämonenjagd«, korrigierte Prue, während sie den Bürgersteig entlang marschierten. Sie hakte sich bei ihrer Schwester unter: »Mit einem Zauberspruch habe ich herausgefunden, wo es verdächtig viel schwarze Energie gibt. Diese Gegend hier stand ganz oben auf der Hitliste.«

Phoebe blieb stehen: »Moment mal! Willst du mir erzählen, dass du nun schon selber nach Ärger suchst? Ich dachte, du wolltest mal ausspannen, frei nach dem Motto: weniger Hexenzauber, mehr Partytime?«

Prue sah einen Moment lang betreten zu Boden. Sie war die älteste der Hexenschwestern und nahm manchmal die Bürde ihres Erbes wirklich zu schwer.

»Ich weiß gar nicht, was du meinst«, verteidigte sie sich. »Gestern habe ich das Cover-Shooting für ein Magazin gemacht, abends hatte ich ein Date und heute wollte ich ein wenig das Böse bekämpfen. Klingt doch ganz ausgeglichen, oder?«

»Klar, ganz so wie es einem die Modemagazine vorschlagen«, grinste Phoebe.

»Piper und du, ihr braucht mich doch gar nicht mehr«, rechtfertigte sich Prue. »Dadurch habe ich mehr Zeit, mich um Dinge zu kümmern, die nun einmal getan werden müssen.«

Phoebe wurde wieder ernst und sah ihre Schwester erstaunt an: »Glaubst du wirklich, dass wir dich nicht mehr brauchen?«

Prue knetete ihre Hände. Eigentlich war das weder die Zeit noch der Ort, um etwas Familiäres zu besprechen. Andererseits – dafür gab es selten eine wirklich passende Gelegenheit. »Naja, seit Piper mit Leo verheiratet ist, und du Cole kennen gelernt hast, habe ich das Gefühl, mich weniger um euch kümmern zu müssen.«

Phoebe warf die Hände in die Luft: »Aber das ist doch gut so!«

Manchmal verstand Phoebe ihre ältere Schwester einfach nicht. Ständig beschwerte sie sich, für alles allein zuständig zu sein – Finanzen, Hausputz, schlechte Dates. Und nun, wo alles von selbst lief, beschwerte sie sich schon wieder.

Prue zuckte mit den Schultern: »Wahrscheinlich hast du Recht.«

Aus dem Augenwinkel sah sie einen großen blauen Müllcontainer in einer Seitenstraße. Eine gute Gelegenheit, das Gespräch auf etwas anderes zu lenken: »Da drüben könnte es sein.«

Die beiden jungen Frauen änderten ihre Richtung.

»Auf drei«, murmelte Prue, wartete aber gar nicht erst ab, sondern stieß die Klappe des Containers mit einer Handbewegung nach hinten auf.

Telekinetische Kräfte sind doch was sehr Praktisches, dachte sie.

Phoebe spähte in das Sammelsurium aus Müllsäcken,

Altpapier und Bauschutt: »Oh, schau mal, da ist die Kaffeemaschine, die ich immer haben wollte!«

Prue nahm ihr Schachtel gleich wieder weg: »Das ist doch nur der Karton!«

»Oh«, machte Phoebe enttäuscht.

Manchmal war das Nesthäkchen der Halliwells wirklich erschreckend naiv. Doch plötzlich grinste sie wieder: »Siehst du? Ich brauche doch deine Hilfe. Sonst hätte ich mich gerade zum Deppen gemacht!«

»Das zu verhindern wäre ein Vollzeit-Job«, neckte sie Prue.

Gemeinsam verließen sie die Seitenstraße, um weiter nach dämonischer Energie zu fahnden.

»Was macht Cole denn so?«, fragte Prue bewusst beiläufig.

Die Beziehung zwischen ihrer Schwester und dem gut aussehenden Staatsanwalt war ein heikles Thema. Es war noch nicht so lange her, dass Phoebe zu ihrem Entsetzen festgestellt hatte, dass Cole aus zwei Persönlichkeiten bestand – dem Staatsanwalt und dem Dämonen Balthasar. Zwar hatten die meisten Menschen Vorurteile gegen das Rechtssystem, aber ein Dämon war eindeutig schlimmer als ein Staatsanwalt.

Phoebe liebte Cole und sie glaubte ihm, dass er dem Bösen abgeschworen hatte. Aber für eine weiße Hexe, die Unschuldige vor Dämonen schützen sollte, kam eine solche Beziehung eigentlich nicht in Frage.

»Er ist viel unterwegs, versteckt sich vor dämonischen Kopfgeldjägern und schaut nur gelegentlich mal rein – meistens ins Schlafzimmer, wenn du verstehst, was ich meine.«

Prue nickte. »Ich kann mich vage erinnern.«

»Ich habe ihn wirklich gerne«, seufzte Phoebe, »aber all das erinnert mich an die vielen miesen Affären, die ich doch hinter mir lassen wollte. Ich meine – liebt er mich wirklich, oder will er bloß ...«, sie fuchtelte mit den Händen herum, »... Nachtisch?«

Prue lächelte sanft: »Phoebe, es scheint mir unvorstellbar, dass er dich nicht liebt. Er hat dir schon so oft das Leben gerettet. Das wäre ein bisschen viel Aufwand, wenn er wirklich nur Sex haben wollte.«

»Naja«, wandte Phoebe ein, »aber der Sex ist wirklich toll.«

Prue verdrehte die Augen und setzte gerade zu einer Antwort an, als von der anderen Straßenseite laute Stimmen zu hören waren.

»Verschwinde von hier!«, gröhlte eine aggressive Männerstimme.

Ein gelber Blitz zuckte aus einer Gasse hervor.

»Wer suchet, der findet«, murmelte Prue und gemeinsam mit Phoebe machte sie sich auf den Weg.

Es waren zwei Männer, die sich gegenüberstanden. Der eine, in abgerissener Jeans-Kleidung, hielt eine weiße Box in der Hand. Der andere, im Businessanzug, stand schwitzend und keuchend vor ihm.

»Ich brauche mehr!«, krakeelte der Yuppie verzweifelt, seinen Blick starr auf die Box gerichtet.

»Was du willst, ist hier schon lange nicht mehr drin«, antwortete der andere Mann mit einem verächtlichen Unterton.

»Ich brauche aber mehr!«, schrie der verzweifelte Typ hysterisch und machte ein paar schnelle Schritte auf den tätowierten Dealer zu. Dieser hob nur lächelnd die Hand – und der Angreifer wurde von einem Knall, gefolgt von einem Lichtblitz, gegen eine Mülltonne geschleudert!

Das ist eindeutig dämonische Aktivität, dachte Prue. Und was der kann, kann ich schon lange!

Mit einer leichten Bewegung aus dem Handgelenk wirbelte sie den Jeans-Typ durch die Luft und ließ ihn unsanft auf einen Stapel Holzkisten krachen. Dabei fiel die weiße Box zu Boden.

Beide Männer sahen den unscheinbaren Gegenstand auf dem Asphalt liegen und rappelten sich blitzschnell wieder auf, um danach zu greifen.

Prue hatte keine Ahnung, was da vor sich ging, aber es erschien ihr sicherer, wenn erstmal keiner der beiden die Box in die Hände bekam. Mit einer weiteren Handbewegung schob sie das Teil zehn Meter weit weg. Die Männer griffen ins Leere.

Mit feurigem Blick wandte sich der Jeans-Typ nun den Halliwell-Schwestern zu. Phoebe hatte gesehen, zu was er im Stande war, und sie hatte keine Lust, ihr brandneues Top von einer schwefligen Explosion ruinieren zu lassen. Also verpasste sie ihm einen Kick, der ihn gleich wieder in den Müll zurückwarf.

»Die Box gehört Lucas!«, rief der Kerl empört.

»Dann richte Lucas aus«, entgegnete Phoebe, »dass seine Box soeben beschlagnahmt wurde.«

Doch der Angreifer bekam ihre letzten Worte gar nicht mehr mit, weil er sich sang- und klanglos in Luft auflöste.

Komisch – normalerweise gab es immer Licht- und Soundgewitter wie in der Disco, wenn ein Dämon verschwand. Dieser hier schien bescheidener zu sein.

Prue half derweil dem Mann im Anzug wieder auf die Beine. »Ist alles in Ordnung«, sagte sie sanft.

Doch der Typ warf ihr nur einen kurzen Blick zu. Mit einem Kopfnicken Richtung Box erklärte er: »Das verstehen Sie nicht – ich brauche mehr!«

Dann rannte er los, um sich die kleine Kiste zu schnappen.

Doch die allmorgendliche Rush Hour in San Francisco war zu diesem Zeitpunkt noch nicht abgeebbt und viele Lastwagen waren noch immer unterwegs, um ihre Waren auszuliefern. Im Radio nannte man das »lebhaften Verkehr«.

Und dieser »lebhafte Verkehr« beendete im Bruchteil einer Sekunde den sehr »lebhaften Sprint« dieses verzweifelten Mannes.

Eine Hupe ertönte, und die beiden Schwestern hörten das hässliche Geräusch quietschender Reifen und den dumpfen Knall eines Körpers auf einem Kühlergrill – aber Prue war sich ziemlich sicher, dass der arme Kerl die zwölf Tonnen rasenden Stahlblechs nicht einmal mehr wahrgenommen hatte.

2

Der Verkehr auf der Strasse hatte sich inzwischen beruhigt, sodass die Polizei eine Teilsperrung vornehmen konnte, um den Tatort zu sichern.

Der Bus hatte den Typen fast dreißig Meter weit mitgerissen, bevor der Fahrer in der Lage gewesen war, anzuhalten. Der Abtransport der Leiche war keine schöne Aufgabe.

Inspektor Daryl Morris seufzte.

»Er kam einfach aus der Seitenstraße gerannt!«, wiederholte der völlig aufgelöste Busfahrer. »Da konnte ich wirklich nichts machen!«

Ein Assistent reichte Morris den Ausdruck aus dem Polizeicomputer: »Der Mann hieß Robert Pike.«

Daryl nickte und ging zu Prue, die gerade zusah, wie der gelbe Leichensack verschlossen wurde. Sie hatte die Hände vor dem Mund.

»Hi«, sagte der Polizist halblaut, um die junge Frau nicht zu erschrecken.

»Hi«, murmelte Prue abwesend.

»Sieht schlimm aus, ich weiß«, erklärte Daryl, »aber solche Selbstmorde sind nicht ungewöhnlich.«

Prue sah ihn überrascht an: »Selbstmord? Daryl, das war kein Selbstmord! Dieser Mann wurde von einer dunklen Macht gesteuert! Ich kenne mich gut genug damit aus, um das zu beurteilen.«

Daryl Morris seufzte. So etwas hatte er schon befürchtet. Wann immer die Halliwell-Schwestern auftauchten, gab es Ärger. Seit Daryls Ex-Partner Andy sich in Prue verliebt und sein Leben dabei verloren hatte, war Daryl der Kontaktmann für die Hexenschwestern bei dem Police Department. Eigentlich hatte er anfangs geglaubt, das würde ihm die Arbeit erleichtern. Stattdessen erfuhr er

Dinge, die er lieber nicht in seine Berichte schrieb, um nicht in der Irrenanstalt zu landen.

»Okay«, sagte er gedehnt, »der Mann hieß Robert Pike, war verheiratet und Vater zweier Kinder. Er arbeitete als Börsenmakler für Brixton Investments. Ziemlich erfolgreich, wie es scheint.«

»Der Dämon meinte, er sei zu gierig. Vielleicht hatte das etwas mit seinem Beruf zu tun«, überlegte Prue.

Daryl schüttelte den Kopf: »Sieht nicht so aus. Nach dem, was hier steht, war Pike nicht der typische Börsenhai, sondern eher so etwas wie ein Samariter. Er hat sich für wohltätige Zwecke eingesetzt. Erst gestern Abend veranstaltete er eine Gala zu Gunsten der Krebshilfe.«

»Dann hat er sich aber sehr verändert«, murmelte Prue, »denn eben hatte er nur noch daran Interesse.«

Sie öffnete ihre Tasche ein wenig und erlaubte Daryl einen Blick auf die Box. Prue hatte sie eingesteckt, um zu verhindern, dass die Polizei sie als Beweisstück beschlagnahmte.

»Was ist da drin?«, wollte Daryl wissen.

»Keine Ahnung«, antwortete Prue, »aber es dürfte kaum ein Menschenleben wert sein.«

Phoebe hasste es, Polizeibeamten Fragen beantworten zu müssen. Ihr war klar, dass sie meistens einen Teil der Wahrheit verschweigen musste. Und darin war sie nicht besonders gut. Sie plapperte einfach zu gerne. Und der junge Streifenpolizist, der ihre Aussage aufnahm, war ziemlich süß. Da fiel es ihr schwer, sich auf die richtigen Notlügen zu konzentrieren.

»Meinen Sie, der Busfahrer hätte besser reagieren können?«, fragte der Beamte jetzt zum Abschluss.

»Nein«, winkte Phoebe ab. »Das geschah alles viel zu schnell.«

»Gut.« Der Polizist wollte schon seinen Notizblock zusammenklappen, als er es sich noch einmal anders überlegte. »Ich bräuchte dann noch Ihre private Telefonnummer, falls weitere Fragen aufkommen.«

Phoebe deutete mit dem Daumen hinter sich: »Es ist dieselbe wie die von meiner Schwester. Wir leben zusammen.«

Der Beamte packte Block und Stift weg. »Wie würden Sie reagieren, wenn eine meiner Fragen wäre, ob Sie mit mir essen gehen wollen?«

Er grinste ein wenig linkisch und Phoebe brauchte eine Sekunde, um die Frage als Flirtversuch zu verstehen. »Ich? Oh, Sie meinen ... ob wir ...? Wow, das wirft mich jetzt etwas aus dem Konzept.«

Er grinste. »Das ist mein Job, Madam.«

»Und den machen Sie wirklich gut.«

Normalerweise hätte Phoebe zugesagt, aber sie befand sich seit langer Zeit erstmals wieder in der Situation, »vergeben« zu sein.

An Cole.

Auch wenn das keine Traumromanze war.

»Wissen Sie was«, sagte sie so sanft wie möglich, »es wäre vielleicht besser, wenn die Nummer nur für die Zeugenaussage verwendet wird. Ich bin momentan nicht frei.«

Der Polizist ließ sich die Enttäuschung nicht anmerken. »Das wundert mich nicht.«

In diesem Moment wurde er zu Daryl Morris gerufen und Phoebe war froh, sich wieder zu ihrer Schwester gesellen zu können. »Wie geht es dir?«

»Nicht so gut«, gab Prue zu, »ich muss immer darüber nachdenken, was wir hätten tun können, um ihn zu retten. Aber er ist so schnell auf die Straße gerannt ...«

Phoebe griff sie sanft am Arm. »Wir konnten nichts tun. Wir wussten ja nicht einmal, was er von dem Dämon wollte – und umgekehrt.«

Prue blickte nachdenklich der Bahre hinterher, auf der die Leiche weggebracht wurde.

»Was auch immer es war – es hat mit der Box zu tun. Dort müssen wir ansetzen.«

Lucas war nicht das, was man sich unter einem mächtigen Dämon vorstellte. Die schwarze Haartolle war sauber nach hinten gekämmt und unter dem schwarzen Lederhemd stach dichtes Brusthaar hervor. Er sah aus wie der Rausschmeißer eines Mafia-Restaurants.

Auch sein Zuhause hatte nichts Teuflisches an sich. Die heruntergekommene Bruchbude war mit allem möglichen Kram vollgestellt – alte Neonschilder, kaputte Flipper, Restaurantstühle. Bis unter die Decke stapelte sich der Krempel.

Der Jeans-Typ röchelte und strampelte. Mit fast schon arroganter Lässigkeit ließ Lucas ihn am ausgestreckten Arm einen halben Meter über dem Boden baumeln, den Hals fest in seiner Hand. »Ich ... brauche ... die ... Box!«, knirschte er wütend.

»Ich ... ich dachte, du wolltest dich nicht mehr so aufregen«, presste der junge Mann mühsam hervor.

»Du machst es mir nicht gerade leicht«, zischte Lucas. Er ließ los und sein Helfer polterte zu Boden.

Unsicher zog der junge Dämon einen leuchtenden Kristall aus der Tasche. »Wenigstens haben wir die Seele des Geschäftsmannes«, krächzte er.

Lucas nahm den Kristall entgegen. »Aber wir brauchen sieben Seelen! Sieben Seelen für sieben Todsünden!«

Der junge Mann kratzte sich am Kopf: »Kannst du die Box nicht ausfindig machen?«

Lucas machte eine abwehrende Handbewegung. »Natürlich. Kleinigkeit. Aber dann muss ich immer noch an den beiden Hexen vorbei.« Er schüttelte entnervt den

Kopf. »Ich hatte geglaubt, dass mein Selbstmord mich von den irdischen Sünden befreien würde. Stattdessen muss ich den Rest der Ewigkeit damit verbringen, die Sünden unter die Menschen zu bringen!«

»Das kann doch nicht so schwer sein«, stellte der junge Mann in den Raum.

Lucas lachte dreckig. »Ist es auch nicht. Menschliches Verlangen ist ein so leichter Weg zur Sünde.« Ihm schien etwas einzufallen. »Vielleicht ist das auch bei einer Hexe der Fall!«

Er schnippte begeistert mit den Fingern: »Natürlich: Hexen haben Bedürfnisse wie alle anderen Menschen auch.« Er drehte sich zu seinem Handlanger. »Aber wozu brauche ich dich dann noch?«

Ohne eine Antwort abzuwarten, sandte er aus seinen Fingerspitzen einen Feuerstrahl, der den jungen Mann in Sekundenschnelle verbrannte und nur noch eine kleine Rauchwolke übrig ließ.

Lucas atmete tief durch. »Jetzt weiß ich's wieder – zum Dampf ablassen.«

Prue und Phoebe konnten es kaum abwarten, sich näher mit der Box zu beschäftigen. Das seltsame Ding schien sich zu verändern. Die weiße Oberfläche begann zu leuchten und wurde transparent. Im Innern der Box waren seltsame Kugeln zu sehen.

Phoebe machte die Haustür zu und streifte die Jacke ab. Sie trug ein blaues, geblümtes Westen-Top, das vorne nur mit einer Spange zusammengehalten wurde. Auch Prue hätte so etwas tragen können – sie war nicht weniger attraktiv als ihre Schwester. Aber der Gedanke, in aller Öffentlichkeit ein solches Dekolleté zu tragen, erschien ihr mehr als gewagt.

Phoebe war da anders.

Prue zog die Box aus der Tasche und begann damit, sie zu untersuchen.

»Nicht!«, rief Phoebe. »Piper sollte dabei sein.«

»Warum?«, wollte Prue wissen.

Phoebe sah ihr tief in die Augen. »Wir wollen doch nicht, dass du auch vor einem Bus landest. Also – Finger weg, bis ich wieder da bin!«

Sie machte sich auf die Suche nach der dritten Halliwell-Schwester, während Prue nachdenklich die Box studierte.

Phoebe fand Piper in der großen Küche des Hauses, die normalerweise aufgeräumt und blitzsauber war. Heute sah es allerdings so aus, als hätte hier ein Kochwettbewerb stattgefunden. Überall lagen Töpfe und Pfannen herum, mehrere Backbleche stapelten sich auf dem Boden und in der Spüle war ein Berg schmutziges Geschirr. Auf der Arbeitsplatte standen diverse Teller mit zum Teil exotischen Köstlichkeiten.

Piper war gerade dabei, Reis und Fisch in Weinblätter einzurollen.

»Was hast du denn heute noch vor?«, fragte Phoebe überrascht. »Große Party?«

Piper sah auf und wischte sich die Haare aus der Stirn. »Was? Nein, ich wollte Leo nur was Leckeres zu essen machen, damit er seinen harten Tag vergisst.«

»Und dabei hilft es, wenn du dir einen harten Tag machst?«, fragte Phoebe kritisch.

»Sushi rollt sich eben nicht von selbst«, erwiderte Piper. »Außerdem mache ich das gerne für ihn – ich koche, ziehe mich schick an, organisiere den Haushalt. Vielleicht gehe ich mal los, um ihm eine komplett neue Garderobe zu kaufen. Diese Flanell-Hemden sind ja wirklich nicht so toll.«

»Hast du Angst, ihn zu verlieren?«, fragte Phoebe halb im Scherz. Nach zwei Sekunden merkte sie, dass Piper nicht lachte. »Moment mal – hast du wirklich Angst, Leo zu verlieren?«

Piper hielt einen Moment lang inne. »Ich denke nur, es ist besser, dem Hohen Rat keinen Grund zu geben, uns zu trennen.«

»Das würden sie doch nie tun!«, hielt Phoebe dagegen. »Ihr beide seid doch jetzt verheiratet!«

Piper schüttelte langsam den Kopf. »Das Eheversprechen ist keine Garantie. Außerdem will ich auch nicht, dass sich Langeweile in diese Ehe einschleicht – weder der Hohe Rat noch Leo sollen mir etwas vorwerfen können.«

Phoebe biss sich auf die Lippen. »Dann hoffen wir mal, dass sie Prue und mir auch nichts vorwerfen. Wir haben heute Morgen einen Unschuldigen nicht retten können. Und jetzt brauchen wir deine Hilfe.«

Piper nickte und gemeinsam mit Phoebe ging sie ins Wohnzimmer, wo Prue auf dem Sofa saß und sich an der Box zu schaffen machte!

»Prue, was machst du da?«, rief Phoebe.

»Ich versuche, dieses Ding zu öffnen«, antwortete Prue ohne den Anflug eines schlechten Gewissens.

»Du solltest doch auf uns warten!«

Prue ließ sich kaum ablenken. »Jetzt seid ihr ja da. Los geht's!«

Phoebe hob abwehrend die Hand. »Was ist, wenn da ein riesiger Dämon rausgesprungen kommt?«

Prue grinste schief. »Ich bin sicher, wir werden damit fertig.«

»Es wäre vielleicht besser, auf meinen Ehemann zu warten, um seine Meinung zu hören«, warf Piper ein.

Prue drehte sich zu ihrer Schwester um, die hinter dem Sofa stand. »Als er noch nicht dein Ehemann war, sondern nur Leo, haben wir ihn doch auch nicht gebraucht, oder?«

Das war das Stichwort. Ein blauer Funkenregen erschien im Wohnzimmer und kaum zwei Sekunden später stand Leo im Raum. Leo, der Klempner. Leo, der *Wächter des Lichts*. Leo, der Ehemann von Piper.

»Ihr habt gerufen?«, fragte er, als wäre er der Geist aus der Flasche.

»Nicht wirklich«, murmelte Prue.

»Aber wo du schon mal da bist«, meinte Phoebe und deutete auf die Box, »von einem Dämonen geklaut, aufmachen – ja oder nein?«

Leo zuckte mit den Schultern. »Keine Ahnung. Habt ihr schon mal im *Buch der Schatten* nachgesehen?«

»Nein!«, stieß Piper begeistert hervor. »Das ist eine Super-Idee. Leo, du bist ein Genie! Was würden wir ohne dich machen?«

Prue rollte mit den Augen. »Keine Ahnung. Ohne ihn wäre unser Leben sicher nicht so ungefährlich und sorgenfrei, wie es momentan ist.«

Gemeinsam machten sie sich auf den Weg nach oben.

Die Schwestern standen schon fast auf der Treppe zum Dachboden, als Piper sich mit der flachen Hand auf die Stirn schlug. »Ach so, Phoebe – dein Lehrer hat angerufen wegen der Sprechstunde.«

»Na, die werde ich wohl kaum wahrnehmen können«, erklärte Phoebe.

»Doch«, wandte Prue ein, »du stehst kurz vor dem Abschluss, da kannst du dir solche Ausfälle nicht leisten. Wir drei kommen hier schon klar.«

»Seid ihr sicher?« Phoebe wollte nicht kneifen.

»Klar«, winkte Prue ab.

Phoebe drehte sich in Richtung Haustür, als Prue sie noch einmal aufhielt. »Vielleicht solltest du aber etwas ...«, stammelte sie und deutete auf Phoebes Oberweite, »... drüberziehen. Oder drunter. Oder was auch immer. Nur mehr anziehen.«

Phoebe sah an sich herunter. Was sie sah, gefiel ihr, aber es war vielleicht für die Schule wirklich ein bisschen fehl am Platz. »Oh, ja, klar.«

Sie lief die Treppe zu ihrem Zimmer hinauf. Prue lächelte Leo und Piper schräg an. »Sorry, aber das war einfach ein bisschen ... zu viel Phoebe und zu wenig Stoff.«

Im *Buch der Schatten* sah die Box aus wie eine Schachtel mit Ostereiern. Doch die Überschrift »Die Box der Sieben Sünden« verhieß nichts Gutes.

»Von der *Quelle* an der Quelle erschaffen«, las Prue den Eintrag vor. »Eine Schachtel voller Sünden?«

Piper nickte grimmig. »Gut, dass du sie nicht geöffnet hast. Dann hätten wir die ganze Pandora-Geschichte nochmal durchgemacht.«

»Nicht ganz«, widersprach Leo. »Es kann sein, dass diese Box der Ursprung der Pandora-Legende war, aber ihre Kräfte sind konkreter. Nach dem, was hier steht, entsprechen die sieben Kugeln den sieben Todsünden und sollen sieben reine Seelen verderben.«

»Und wie?«, wollte Piper wissen. »Wie können reine Seelen verdorben werden?«

»Kein Mensch ist unfehlbar«, erklärte Leo, »und die geheimen Wünsche machen uns verwundbar. Das reicht von Stolz, Neid, Völlerei, Lust bis Wut, Gier und Faulheit. Wenn du eine dieser Sünden in dir trägst, wird die Box sie nutzen, um dich zu zerstören.«

»Dann wurde der Geschäftsmann vermutlich bei seiner Gier gepackt«, mutmaßte Prue. »Darum wollte er immer mehr.«

»Und die Box verstärkte die Gier so lange, bis es ihn umbrachte«, fasste Leo zusammen.

Prue sah nun klar: »Darum hat mich der Zauberspruch

in diese Gegend geführt – das war nicht die Spur eines Dämons, sondern die Sünde, die den Mann auffraß!«

»Okay, und was machen wir jetzt?«, fragte Piper.

Leo schaute vom *Buch der Schatten* auf. »Der *Infektor* scheint das verbindende Element zu sein. Wenn wir diesen Lucas vernichten, verlieren die Sünden in der Box ihre Macht.«

»Was weißt du über diese *Infektoren*?«, wollte Prue wissen.

»Sie waren Menschen«, erklärte Leo, »die im Leben wie im Tod von den eigenen Sünden nicht lassen konnten.«

Piper klatschte in die Hände, um die Aufmerksamkeit auf sich zu ziehen. »Also müssen wir nur die infizierten Menschen finden, um die Sünde in ihnen zu vernichten.«

Prue schüttelte den Kopf. »So einfach geht das nicht. Die Sünde ist ein Bestandteil jedes Menschen, sie lässt sich nicht entfernen – auch nicht durch Magie.«

Piper kniff die Augen zusammen. »Auch *du* hast Sünde in dir?«

Prue rollte mit den Augen und zeigte dann mit Daumen und Zeigefinger eine winzige Menge an. »So ein bisschen. Klitzeklein. Kann außer mir niemand sehen.«

Phoebe hatte sich einen Sport-BH angezogen und darüber ein orangefarbenes Batik-Shirt. Ausnahmsweise hatte sie eine Jeans passender Größe übergestreift, um nicht Aufmerksamkeit zu erregen. So gern sie mit ihren Reizen spielte, so sehr hasste sie es, nur danach beurteilt zu werden.

Sie eilte die Treppe des Hauses herunter, um nicht zu spät zu der Sprechstunde zu kommen. »Ich bin dann weg!«, rief sie in Richtung Dachboden.

Fast hätte sie aus lauter Hektik den Mann in dem Lederhemd nicht gesehen, der im Wohnzimmer stand und die Box in der Hand hielt. Aus dem Augenwinkel nahm sie wahr, wie er die Schachtel öffnete.

»Hey!«, rief Phoebe empört und hätte sich gleich darauf am liebsten auf die Zunge gebissen. Es wäre vielleicht klüger gewesen, Verstärkung zu holen.

Der Fremde sah auf. Irgendetwas in Phoebe sagte ihr, dass es sich um Lucas handelte.

»Keine Panik!«, sagte der Dämon eilig und hob gelassen die Hand.

Für eine Sekunde wusste Phoebe nicht, was sie tun sollte.

Und diese Sekunde nutzte Lucas.

Mit einer gleitenden Bewegung strich er über die Box und aus einer der Kugeln löste sich ein heller Lichtstrahl.

»Das dürfte genau richtig sein«, murmelte Lucas.

Der Strahl zischte durch den Raum und bevor Phoebe sich wünschen konnte, Piper und ihre Zeiterstarrungskräfte bei sich zu haben, wurde sie auch schon getroffen.

Aber es geschah – nichts.

Kein Blitz, kein Donner, keine Verwandlung in ein höllisches Monster. Phoebe blieb Phoebe.

Sie atmete tief durch.

Endlich kamen die anderen vom Dachboden.

Lucas lächelte wieder. Eine weitere Handbewegung und auch Prue, Piper und Leo wurden von Lichtstrahlen getroffen.

Verwirrt stand das Quartett auf der Treppe und als der Schreck vorbei war, hatte sich Lucas auch schon samt der Box in Luft aufgelöst.

»Okay, was war das? Was ist da gerade passiert?«, stieß Phoebe keuchend hervor.

Piper rannte zum Wohnzimmertisch und sah, dass die Box verschwunden war. »Oh, nein!«, rief sie. »Sagt jetzt bloß nicht, dass wir mit diesen … diesen Sündenkugeln infiziert worden sind!«

»Sündenkugeln? Welche Sündenkugeln?«, wollte Phoebe wissen, der der Tonfall ihrer Schwester gar nicht gefiel. »Wovon sprichst du?«

»Nur keine Aufregung«, mahnte Prue. »Fühlt sich hier irgendjemand anders als sonst?«

»Ich nicht«, meinte Leo unsicher.

»Ich auch nicht«, verkündete Piper.

»Keine Veränderung«, murmelte Phoebe.

»Also«, schloss Prue, »dann scheint ja alles in Ordnung zu sein. Vielleicht wirken die Sünden bei uns nicht, weil wir magische Kräfte haben.«

Leo kratzte sich am Kopf. »Ich weiß nicht recht – ich frage da lieber noch einmal nach.«

»Gut«, stimmte Prue zu, »mach das. Piper und ich werden uns noch einmal das *Buch der Schatten* anschauen. Und du, Phoebe, wirst jetzt endlich losgehen und deinen Lehrer um den kleinen Finger wickeln!«

Phoebe nickte und machte sich auf den Weg.

Dr. Strickland war fair, aber hart. Er gehörte nicht zu der Sorte Lehrer, die einen Schüler aus persönlicher Abneigung durchfallen ließen. Aber er war auch nicht der Typ, den man mit einem angebotenen Apfel schmeicheln konnte.

Strickland ging in seinem kleinen, gemütlich eingerichteten Büro um den Schreibtisch herum, vor dem sich Phoebe in einen Sessel gefläzt hatte.

»Phoebe«, erklärte er jetzt zum dritten Mal, »es ist schließlich ein Kurs über Ethik. Da kann man eine gewisse Einstellung zur Sache erwarten. Sie haben jetzt schon eine ganze Menge Stunden verpasst. Und wenn Sie Ihr Referat nicht rechtzeitig abgeben ...«

»Was dann?«, fragte Phoebe leise und leckte ihre Lippen.

»Dann muss ich Sie durchfallen lassen«, verkündete Strickland dramatisch.

Phoebe erhob sich. Sie atmete tief ein und drückte den Brustkorb weit nach vorne, damit ihre ansehnliche Oberweite unter dem Shirt zur Geltung kam. »Dr. Strickland, ich bin ein böses, böses Mädchen«, schnurrte sie.

Der Lehrer war von der Reaktion seiner Schülerin sichtlich überrascht. »Miss Halliwell ... Phoebe, was meinen Sie damit?«

Phoebe machte zwei Schritte auf Strickland zu. Er wollte zurückweichen, stieß dabei aber an seinen Schreibtisch.

Mit der rechten Hand strich Phoebe über seine Krawatte. »Ich würde wirklich alles tun, um in diesem Kurs nicht durchzufallen.«

Ihre Stimme ließ keinen Zweifel daran, dass sie darunter nicht unbedingt »lernen« verstand.

Strickland räusperte sich und versuchte mühsam, die Fassung zu bewahren.

»Alles!«, zischte Phoebe noch einmal und packte den Mann an beiden Schultern.

Sie warf ihn rücklings auf seinen Schreibtisch.

Und sprang gleich hinterher.

3

»NEIN, DAS WÄRE DANN AUCH SCHON ALLES«, flötete Piper in das Telefon, während sie am Küchentisch noch einmal die Shopping-Liste durchging, »nur die zwei Armani-Anzüge in Größe 42, das Kleid von Donna Karan, drei Paar Schuhe von Stuart Weizman, die Gucci-Jacke und die Tasche von Prada. Was macht das?«

Sie hörte einen Moment lang der begeisterten Stimme der Verkäuferin zu. Nur kurz verdüsterte sich ihre Miene »Na, dann müssen wir das auf zwei Kreditkarten aufteilen.«

Prue kam in die Küche. »Was machst du da?«

Piper winkte ab. »Psst, ich habe gerade das Kaufhaus am Apparat. Okay, setzen Sie 5.000 Dollar auf die Kreditkarte, mit der ich bei Ihnen eingetragen bin. Den Rest ...«

Klick!

Prue hatte auf die Gabel des altertümlichen Telefons gedrückt.

»Was machst du da?«, fragte Piper empört.

»Ich rette deine Kreditwürdigkeit«, entgegnete Prue. »Und die ist in diesem Land mehr wert als dein Leben.«

Pipers Miene verdüsterte sich. »Leo braucht Anzüge«, erklärte sie trotzig.

»Leo trägt doch gar keine Anzüge«, setzte Prue dagegen.

»Noch nicht.« Sie nahm einen großen Schluck aus dem Sektkelch, der auf dem Küchentisch stand. Die Flüssigkeit darin sah nach sehr teurem Champagner aus.

»Piper, trinkst du etwa am helllichten Tag?«, keuchte Prue verdutzt.

Piper zuckte mit den Schultern. »Warum nicht? Die Sache mit den Sünden hat mich etwas aus der Bahn geworfen und da dachte ich, etwas zur Nervenstärkung täte mir gut. Willst du auch?«

»Nein, aber etwas Hilfe wäre prima«, winkte Prue ab. »Wir müssen schließlich Lucas finden!«

»Klar«, sagte Piper, »setz dich, bring mich auf den neuesten Stand.«

Es war offensichtlich, dass der Alkohol bereits seine Wirkung zeigte.

Prue setzte sich und begann das zu erzählen, was sie im *Buch der Schatten* gelesen hatte: »Wie es aussieht, wirkt die Macht der Sünden schneller, als wir angenommen haben. Nach der Infektion bleiben nur ein paar Stunden, bis sich die infizierte Person selbst zerstört.«

Piper griff gedankenverloren nickend in die Schachtel Pralinen und schob sich eine Weinbrandbohne in den Mund. »Da haben wir aber Glück, dass wir nicht infiziert worden sind.«

»Stimmt«, gab Prue zu, während sie beobachtete, wie sich ihre Schwester eine Praline nach der anderen in den Mund schob, »aber dann stellt sich die Frage, wen es statt uns getroffen hat. Ich habe es mit dem Pendel versucht, aber das zeigt immer wieder auf unser Haus.«

»Abgefahren«, nuschelte Piper mit vollem Mund.

Prue runzelte die Stirn.

Hier war irgendwas faul!

Die Haustür wurde geöffnet. Phoebe war zurück.

Sie sah nicht sehr gut aus.

Verschwitzt, die Kleidung verknittert und die Haare durcheinander. Prue konnte sich nicht erinnern, im Radio eine Sturmwarnung gehört zu haben.

Hektisch nahm die jüngste der Halliwell-Schwestern am Küchentisch Platz. »Stellt euch vor – mein Lehrer hat mich aus dem Kurs geworfen!«

»Was?«, fragte Prue entgeistert. »Wieso das denn?«

»Keine Ahnung!«, rief Phoebe zu laut, aber wenig überzeugend. »Zuerst habe ich ihm erklärt, warum ich mit dem Referat so spät dran bin. Und dann ...«, sie suchte nach Worten, »... habe ich den Reißverschluss seiner Hose mit meinen Zähnen aufgemacht!«

Sie schlug die Hände vor das Gesicht. Die Sache war ihr sichtlich peinlich.

Eine Sekunde lang herrschte Stille, während sich die beiden älteren Halliwell-Schwestern die Szene vorstellten. Dann stand ihr Urteil fest.

»Igitt!«, schrie Piper und stand auf, um ein paar Schritte in der Küche zu gehen.

»Um Gottes willen«, sagte Prue, während sie mühsam nach Fassung rang. »Phoebe, so etwas funktioniert doch nur in den billigen Teenager-Sex-Filmchen!«

»Weiß ich doch«, jammerte Phoebe. »Glücklicherweise bin ich gerade noch zu mir gekommen, bevor ich ... iiihhhhh! Was ist bloß in mich gefahren?«

Sie wollte gar nicht darüber nachdenken.

Piper setzte sich wieder, mit einem Backblech voller frischem Käsekuchen. Genüsslich stocherte sie mit der Gabel darin herum.

Prue dachte nach. Langsam ergab das seltsame Verhalten ihrer Schwestern einen Sinn. »Phoebe, ich weiß genau, was in dich gefahren ist – die Lust.«

Piper blickte erschrocken und kauend von ihrem Käsekuchen auf. »Dann sind wir doch infiziert worden?«

Prue wedelte mit der Hand vor ihrem Gesicht herum. »Hallo? Schon mal was von Völlerei gehört, Miss Vielfraß?«

Entgeistert fiel Piper jetzt erst auf, was sie da eigentlich machte. Sie ließ die Gabel fallen. »Leo?«, rief sie ängstlich, den Blick nach oben gerichtet.

»Nutzlos«, verkündete Prue, »er ist nicht auf dem Dachboden. Er hockt vor dem Fernseher.«

»Hocken« war nicht der exakt richtige Ausdruck für das, was Leo vor dem Fernseher machte. Er hatte es sich auf dem Sofa bequem gemacht und sah aus, als sei er mit den Kissen und Decken verwachsen.

Auf der Mattscheibe lief der Western »Red River« mit John Wayne im Nachmittagsprogramm.

Prue, Piper und Phoebe bauten sich neben der Couch auf, ohne dabei im Bild zu stehen.

»Was machst du da?«, verlangte Piper zu wissen.

»Ich relaxe ein wenig«, murmelte Leo, ohne wirklich Notiz von seiner Frau zu nehmen.

»Irgendwas stimmt hier nicht«, murmelte Piper, bis es ihr selbst einfiel. »Du brauchst Chips. Ich hole dir welche.«

Sie marschierte schnurstracks zurück in die Küche.

Phoebe klatschte in die Hände: »Super, schalt mal MTV an. Carson Daly ist ein scharfer Typ!«

Sie warf sich zu Leo auf die Couch.

»Moment mal!«, ging Prue dazwischen. »Todsünden, Dämonen, huhu! Erinnert sich noch jemand daran? Leo, was hast du beim Hohen Rat rausgefunden?«

»Nichts«, murmelte Leo gelangweilt. »Ich habe es nicht bis dahin geschafft. Nach der halben Strecke bin ich müde geworden.«

»Wie bitte?« Prue meinte, sich verhört zu haben.

»Seit sechzig Jahren bin ich jetzt als Beschützer permanent im Dienst, da werde ich doch wohl mal ein bisschen ausspannen dürfen«, nörgelte Leo.

Phoebe, die sich über Leos Beine gelegt hatte, warf ihm einen feurigen Blick zu und strich sich lasziv durch die Haare.

»Hier sind deine Snacks, Liebling«, verkündete Piper, als sie aus der Küche zurückkam. Sie reichte ihrem Schatz eine Schüssel mit Kartoffelchips.

»Danke«, sagte er müde, »ich denke, ich bekomme Durst.«

»Ich denke, ich werde krank«, knurrte Prue.

Mit dieser lasterhaften Bande war wirklich gar nichts anzufangen.

Es klingelte an der Tür.

»Ich geh schon«, rief Piper und Prue hatte den Verdacht, dass ihre sonst so bescheidene Schwester genau wusste, wer da Einlass begehrte.

Vor der Tür standen zwei Blumenboten mit zwei riesigen Wannen voller bunter Sträuße, die sie alleine kaum tragen konnten.

»Wunderbar!«, kiekste Piper. »Immer herein damit.«

Dieser Aufforderung konnte sich Phoebe nur anschließen, als sie die starken Typen in den Khaki-Hosen erspähte. Sofort war sie auf den Beinen. »Ich stehe auf Männer in Uniform«, schnurrte sie.

»Wer hat denn die ganzen Blumen bestellt«, wollte Prue wissen. »Und für wen?«

»Ich – für mich«, verkündete Piper sorglos.

»Jetzt habe ich aber die Nase voll!«, verkündete Prue.

Phoebe zog den ersten Blumenboten mit den Augen förmlich aus. »Sie haben doch bestimmt noch nicht die Nase voll, oder?«

Aber Prue war schon an der Tür und schob die beiden begeisterten jungen Männer wieder nach draußen. »Und Tschüss – hier gibt es nichts zu sehen, nichts zu gewinnen und nichts anzugrapschen. Hey – schauen Sie mir in die Augen, wenn ich mit Ihnen rede!«

Es gelang ihr, die Tür wieder ins Schloss zu drücken.

»Warum hast du das gemacht?«, fragte Phoebe beleidigt.

Prue baute sich demonstrativ vor ihren Schwestern auf. »Habt ihr es denn noch nicht kapiert? Ihr seid infiziert!«

Zum Beweis deutete sie auf Piper, die an den Blumen roch. »Völlerei und Verschwendung.« Dann zeigte sie auf Phoebe, die schwer atmend an ihrem Ausschnitt nestelte. »Lust.« Zu guter Letzt deutete sie mit dem Daumen über die Schulter ins Wohnzimmer. Von dort war ein lautes Rülpsen zu hören. »Danke für die Bestätigung, Leo – Faulheit!«

Sie gingen gemeinsam in das Wohnzimmer zurück.

»Wieso habe ich die Völlerei abbekommen?«, fragte Piper. »Ich esse doch eigentlich nicht zu viel.«

»Aber du kochst zu viel«, belehrte sie Prue. »Du neigst generell zu Exzessen und das schlägt sich jetzt in deiner Sünde nieder.«

»Und was ist dann deine Sünde?«, wollte Phoebe wissen.

»Ich habe keine abbekommen«, antwortete Prue abwinkend.

»Stimmt nicht!«, widersprach Piper. »Ich habe es genau gesehen – du bist auch getroffen worden.«

Prue atmete tief ein. »Dann bin ich eben zu charakterstark, um einer Sünde anheim zu fallen. Hey, Leo! Mach das mal lauter!«

Sie deutete auf den Fernseher, auf dem jetzt eine Nachrichtensendung zu sehen war.

»... ist es sicher nicht alltäglich, dass ein Pastor zum Geiselnehmer wird«, verkündete die Nachrichtensprecherin. »Wir schalten live zum Ort des Geschehens.«

Das Bild wechselte und ein Reporter war zu sehen, der vor einem Gebäude stand. Hinter ihm machten sich Sondereinheiten der Polizei fertig, das Haus zu stürmen.

»Maria, die Situation hier im Foster's Car Emporium ist mehr als bizarr. Der Gottesmann droht, seine Geiseln zu erschießen, wenn seine Forderungen nicht erfüllt werden.«

Die Nachrichtensprecherin hakte nach: »Weiß man denn, was seine Forderungen sind?«

Der Reporter nickte: »Es mag unglaublich klingen, aber der Priester verlangt nach einem Jaguar X-J S, Baujahr 1999, in der Farbe British Racing Green.«

Prue runzelte die Stirn. »Ich möchte wetten, dass der Pastor mit der Sünde des Neids infiziert worden ist.«

»Das ist doch absurd«, hielt Piper dagegen.

»Passt aber ins Bild«, murmelte Leo gelangweilt. »Eine reine Seele, verdorben bis zur Selbstzerstörung.«

Phoebe ging einen Schritt näher an den Fernseher heran. »Mann, der Reporter ist aber ein süßer Bengel.«

»Das reicht!«, rief Prue bestimmt. »Wir werden dem Dämon keine weitere Seele mehr überlassen!«

Sie stand auf und ging in Richtung Haustür. Zu ihrer Überraschung folgte nur Phoebe. Leo blieb faul auf dem Sofa hocken, Piper auf der dazugehörigen Lehne.

Als sie den strafenden Blick ihrer Schwester sah, entschuldigte sich Piper. »Ich will hier bloß die Stellung halten.«

»Klar, falls jemand das Sofa klauen will«, frotzelte Phoebe.

»Wenn es sein muss, komme ich mit«, sagte Piper kleinlaut.

»Nicht nötig«, giftete Prue wütend. »Wenn es sein muss, mache ich alles allein.«

Sie stapfte nach draußen und Phoebe hinterher.

Piper ließ sich auf das Sofa neben Leo rutschen. »Glaubst du, sie ist sauer?«

»Vermutlich«, murmelte Leo und stopfte sich noch ein paar Chips in den Mund.

Piper entwickelte gerade ein schlechtes Gewissen, als sie auf dem Home Shopping Kanal im Fernsehen einen unglaublichen Flamingo aus Tiffany-Glas sah – für lachhafte 400 Dollar!

Den musste sie haben!

»Leo, gib mir mal das Telefon.«

Die Spezialeinheiten waren mittlerweile in Stellung gegangen. Der gesamte Wohnblock war gesichert, und auf den umliegenden Hausdächern lagen Scharfschützen. Die Polizei hatte den Platz vor dem Autoladen weiträumig abgeriegelt, um die Gaffer von Dummheiten abzuhalten. Natürlich waren auch schon dutzendweise Reporter und Kamerateams vor Ort.

»Prue, das kann ich nicht machen«, sagte Daryl Morris entnervt.

»Daryl, ich weiß, was hier vor sich geht, ich kann euch helfen«, beharrte Prue.

»Und wie soll ich das den Spezialeinheiten erklären? Prue, wir haben hier eine explosive Situation unter Mitwirkung der Bevölkerung und der Medien!«

Prue stellte auf stur. »Wäre es dir lieber, ich lasse mein Astraldouble durch die Absperrung wandern?«

Daryl Morris atmete tief ein. Mann, Prue war heute wirklich stur.

Plötzlich kiekste Phoebe begeistert auf. »Da hinten ist der süße Cop von heute Morgen!«

Sie winkte und machte einen stark anzüglichen Kussmund. Der Beamte lächelte freundlich, war aber angesichts der hemmungslosen Begeisterung etwas unsicher.

»Reiß dich zusammen, wir müssen hier Unschuldige retten!«, zischte Prue ihrer völlig aus dem Häuschen geratenen Schwester zu.

»Genau, und das gilt auch für die Polizei«, pflichtete Daryl ihr bei. »Könnt ihr also diese Sache bitte den Verhandlungsexperten überlassen?«

»Na gut«, grummelte Prue, während Phoebe hinter ihrem Rücken dem jungen Cop eindeutige Blicke zuwarf. »Was ist eure Taktik?«

»Wir wollen ihn erst einmal beruhigen und dann darauf hoffen, dass er müde wird«, erklärte Daryl.

Prue konnte sich ein Lachen nicht verkneifen. »Klar, das wird sicher funktionieren.«

»Die Erfahrung hat bewiesen, dass es in den meisten Fällen funktioniert«, beharrte Daryl.

»Er ist mit Sünde infiziert worden. Da helfen keine Erfahrungen.«

Daryl atmete tief durch. »Okay, was würden Sie tun?«

»Das hier.«

Ohne ein weiteres Wort marschierte Prue los, direkt durch die Polizeisperre!

Sofort wurden diverse Schnellfeuergewehre und Dienstpistolen auf sie gerichtet, von TV-Kameras gar nicht zu reden.

»Nicht schießen!«, rief Daryl und hielt seine Dienstmarke hoch, um seine Befehlsgewalt zu dokumentieren.

Prue achtete gar nicht auf ihn. Sie ging zielstrebig auf die Tür des Autoladens zu.

»Verdammt!«, zischte Daryl. Was war nur in Prue gefahren?

Und warum hatte ihre Schwester nicht eingegriffen?

Er drehte sich um.

Von Phoebe fehlte jede Spur.

Der Mann Gottes trug sein schwarzes Jackett mit dem weißen geschlossenen Kragen. Die großkalibrige Waffe in seiner Hand wirkte völlig fehl am Platz. Er zitterte, er schwitzte, aber er nahm den Lauf der Pistole nicht vom Hals des Verkäufers.

»Ich verliere bald meine Geduld!«, rief er mehr verzweifelt als gewaltbereit.

Er war so nervös, dass er Prue zuerst gar nicht kommen sah, bis sie ihn ansprach: »Pastor Trimble?«

Trimble riss den Verkäufer herum, um ihn als Schutzschild zu benutzen. »Wer sind Sie?«, schrie er.

»Prue«, antwortete die junge Hexe. »Ich bin hier, um Ihnen zu helfen. Aber dazu müssen Sie die Waffe weglegen.«

»So weit kommt's noch!«, krähte der Geistliche.

»Ich will Ihnen helfen«, versuchte Prue es noch einmal.

»Und ich will meinen Jaguar!«, schrie Trimble. »Oder ich knalle sie alle ab!«

»Ganz ruhig«, flüsterte Prue mit gewollt monotoner Stimme. »Ich weiß, was mit Ihnen los ist. Sie sind mit Sünde infiziert worden.«

Trimble sah sie an, als sei sie und nicht er verrückt. »Ich habe Sie gewarnt!«

Er schwenkte die Pistole in Prues Richtung. Sie verließ sich auf ihre Telekinese, um ihm die Waffe aus der Hand zu schlagen.

Aber der telekinetische Stoß versagte!

Trimbles Hand wurde nur ein wenig zur Seite gedrückt.

Bevor Prue sich klarmachen konnte, was da vor sich ging, hatte sich Trimble wieder gefangen.

Prue sah den Lauf auf ihre Brust gerichtet.

Dann fiel der Schuss.

Daryl Morris hatte schon fast wieder mit dem Nägelkauen begonnen, als im Autoladen geschossen wurde.

Die Zivilisten um ihn herum gingen in Deckung, während die Spezialeinheiten ihre Gewehre fester anpackten.

Daryl schnappte sich ein Megaphon. »Prue, was ist los? Alles in Ordnung?«

Schreckliche, stille Sekunden vergingen. Obwohl mehrere dutzend Menschen auf dem Platz waren, hätte man eine Stecknadel fallen hören.

Dann, endlich, öffnete sich die Tür des Geschäfts.

Heraus traten – Prue und der Verkäufer.

Pfeifend atmete Daryl aus.

Sofort waren einige Sanitäter und Polizisten bei der Geisel und Prue, die freudestrahlend verkündete: »Dieser Mann hier braucht psychologsche Betreuung. Drinnen liegt der Geiselnehmer. Der braucht einen Verband, weil ich ihm in den Hintern getreten habe!«

Nun stürmten die Kamerateams heran. Lichter gingen an, Objektive und Mikrofone wurden auf sie gerichtet.

»Wer sind Sie?«, war die nahe liegende erste Frage.

Prue strich sich die Haare aus der Stirn. »Mein Name ist Halliwell, Prue Halliwell.«

Während sie das sagte, fühlte sie sich wie James Bond.

»Wieso sind Sie so todesmutig in das Gebäude gegangen?«

»Das ist mein Job – die Unschuldigen zu beschützen!«

Jetzt fühlte sie sich wie Wonderwoman.

»Sie sind also bei der Polizei?«

Prue schüttelte den Kopf und setzte für die Kameras ihr schönstes Lächeln auf. »Nein. Ich bin eine ...«

Weiter kam sie nicht, denn Daryl packte sie am Arm und beendete den Satz: »... eine gute Samariterin, die ihre Bürgerpflicht tut.«

Er zog sie weg von der Pressemeute.

»Was soll das?«, giftete Prue ihn an. »Ich kam gerade in Fahrt.«

Daryl seufzte. »Das habe ich gemerkt. Prue, die werden Sie vernichten, wenn Sie die Wahrheit verraten!«

»Mich kann niemand vernichten!«, verkündete Prue triumphierend.

Daryl bemerkte, wie eine dunkle Flüssigkeit aus ihrem Jackenärmel tropfte. »Ist das Blut?«

Prue nahm die Sache in Augenschein. Tatsächlich, der Ärmel war zerrissen und aus einer Wunde floss Blut. »Die Kugel muss mich wohl gestreift haben.«

»Und Sie haben das nicht gemerkt?«, fragte Daryl ungläubig.

»Muss das Adrenalin sein«, vermutete Prue. »Keine große Sache.«

»Keine große Sache? Prue, Sie hätten da drinnen sterben können! Ich meine, Sie sind noch nie vor Gefahren davongelaufen, aber seit wann laufen Sie darauf zu?«

Jetzt klickte auch etwas in Prues Kopf. »Klingt ziemlich selbstzerstörerisch, was?«

»So kann man das nennen.«

»Oh mein Gott«, stammelte Prue nun. »Das heißt, ich habe mich auch infiziert. Darum kann ich auch meine Kräfte nicht kontrollieren!«

»Infiziert?«, fragte Daryl verwirrt.

»Keine Zeit für Erklärungen«, sagte Prue hastig, »Sie müssen Pastor Trimble an einen Ort bringen, wo er sich selber nichts antun kann. Am besten in eine Heilanstalt.«

»Das lässt sich einrichten.«

»Aber es darf niemand davon wissen. Wenn Lucas ihn findet, ist alles umsonst.«

Daryl legte die Stirn in Falten. »Ich weiß nicht, wie lange ich das geheim halten kann.«

»Ich brauche nicht viel Zeit«, sagte Prue eine Spur zu schnippisch. »Nur genug, um den Dämon zu finden und zu töten.«

Sie drehte sich im Kreis. »Und wo treibt sich jetzt schon wieder meine Schwester rum? Phoebe? Phoebe!«

Der Einsatzwagen war nicht gerade ein romantischer Ort, aber wenigstens geräumiger als ein VW Käfer.

Phoebe hatte ihre Zunge so weit im Mund des jungen Polizisten, dass sie das Gefühl hatte, seine Mandeln abtasten zu können. Um keine Zeit zu verlieren, riss sie ihm das Uniformhemd mit einem kräftigen Ruck auf. Leider trug er noch ein T-Shirt drunter.

Sie löste sich ein bisschen von dem hoch erfreuten Polizeibeamten und angelte einen Streifen mit zehn Kondomen aus ihrer Tasche.

»Wie gut, dass ich immer vorbereitet bin«, keuchte sie erhitzt. Mit den Zähnen riss sie zwei Plastiktütchen ab.

In diesem Augenblick sprang die Tür zum Einsatzwagen auf.

»Officer!«, rief Daryl Morris streng.

»Phoebe«, rief Prue wütend.

»Sir, ich kann das erklären ...«, stammelte der junge Beamte.

»Wohl kaum«, knurrte Daryl und stieß ihn aus dem Wagen.

Prue packte die Jacke ihrer Schwester und zerrte sie ebenfalls ins Freie.

»Hier, zieh das an«, fauchte sie. »Hast du denn völlig den Verstand verloren?«

Während Phoebe versuchte, sich anzuziehen, verteidigte sie sich halbherzig. »Willst du mir deswegen die Hölle heiß machen?«

Prue half ihrer Schwester, die Jacke zuzuknöpfen. »Dafür ist keine Zeit. Ich wünschte nur, meine Sünde wäre halb so unterhaltsam wie deine.«

Phoebe machte große Augen. »Ich dachte, du wärst nicht infiziert!?«

»Da hat wohl der Stolz in mir gesprochen«, grummelte Prue, »und eben hat er versucht, mich umzubringen.«

»Stolz?«, echote Phoebe. Dann musste sie grinsen. »Du wirkst gar nicht so verändert.«

»Danke gleichfalls«, giftete Prue. »Wir müssen dringend nach Hause, um diesen Dämon ausfindig zu machen.«

Phoebe sah sich gelangweilt um. »Ich habe aber keine Lust, nach Hause zu gehen. Hier ist es doch lustig. Wir sehen uns später.«

Prue war jetzt wirklich mit ihrer Geduld am Ende. Sie

packte Phoebe fest am Arm und zog sie einfach davon. »Wenn du hier bleibst, wird es kein Später geben!«

»Was zum Teufel ist denn mit Ihnen los?«, bellte Daryl Morris seinen Untergebenen an. »Am helllichten Tag? Während eines Einsatzes?«

Der junge Polizeibeamte versuchte verzweifelt, sich zu rechtfertigen. »Sie hat sich mir förmlich aufgedrängt. Ich hatte praktisch gar keine Wahl. Oder nur sehr wenig.«

»Das ist eine armselige Ausrede«, knurrte Daryl. »Sie sind Polizist, Mann!«

»Was hätte ich denn machen sollen? Sie erschießen?«

Daryl hatte keine Lust auf diese Diskussion. »Sie sind vom Dienst suspendiert.«

»Wie bitte?!«

»Fahren Sie zum Revier und geben Sie dort Marke und Dienstwaffe ab.«

Mit diesen Worten drehte sich Daryl um und ging.

Der junge Polizist stand da und fluchte leise vor sich hin: »So ein Mist. Dabei war das alles ihre Schuld.«

Er hatte gar nicht gemerkt, wie der kleine Typ mit den schwarzen Haaren und dem Lederhemd hinter ihn getreten war.

»Wussten Sie«, sagte der Fremde freundlich, »dass Wut zu den sieben Todsünden gehört? Das Blut rast, man produziert Adrenalin – Sie würden sich jetzt gerne an jemandem abreagieren, oder?«

»Wer zum Teufel sind Sie?«, bellte der Cop.

Statt sofort zu antworten, öffnete Lucas die kleine Box. Ein unscheinbares Licht erschien und fand im Bruchteil einer Sekunde sein neues Zuhause im Körper des Polizisten.

»Ich bin jemand, der Ihnen helfen kann, diesen Ärger rauszulassen«, sagte er schließlich.

4

PRUE WAR JETZT WIRKLICH mit den Nerven am Ende. Die Heimfahrt mit Phoebe war der blanke Horror gewesen. Ihre kleine Schwester hatte aus dem Autofenster wirklich jedem knackigen Po nachgepfiffen. Und das hatte sich nicht ausschließlich auf männliche Hinterteile beschränkt!

»Wir hätten ruhig mal bei der Feuerwehr vorbeischauen können«, maulte Phoebe jetzt, »ich stehe doch auf Typen in Uniform!«

Prue schüttelte den Kopf. Als Phoebe ins Fitnessstudio wollte, um die Männerdusche zu inspizieren, hatte sie noch versucht, mit Vernunft dagegen zu halten, aber es war sinnlos.

Die Sünde hatte Phoebe fest im Griff.

Prue schloss die Tür zum Halliwell-Haus auf. »Du und Piper, ihr müsst eure Macken wirklich besser unter Kontrolle halten ...«

Sie war mit ihrer Lektion noch lange nicht fertig, aber was sie im Haus sah, ließ ihr den Atem stocken.

Bis unter die hohen Decken war jeder Raum mit Luxusgütern vollgestellt!

Großbild-Fernseher, Mountain-Bikes, Statuen, kistenweise Videospiele – vieles war noch nicht einmal ausgepackt. Es sah aus wie in einem Edel-Kaufhaus!

Selbst Phoebe war für einen Moment sprachlos.

Nach zwei, drei Schrecksekunden lugte Piper hinter einer der mannshohen Kisten hervor. »Oh, da seid ihr ja. Prima. Die Kaschmir-Lieferung ist gerade angekommen. Die müsst ihr euch ansehen!«

Sie drehte sich um und verschwand in dem Gewirr aus teurem Krempel, den sich die Halliwells nicht einmal in dreißig Jahren hätten erlauben können. Phoebe und Prue folgten ihrer Schwester unsicher. Dabei kamen sie auch an mehreren Handwerkern vorbei, die gerade neue ISDN-Leitungen verlegten.

Stolz zog Piper einen traumhaften lilafarbenen Schal aus einer Schachtel. »Ist der nicht spitze?«

»Und ich dachte, meine Sünde würde am meisten Spaß machen«, murmelte Phoebe sarkastisch.

»Wie konnte das alles so schnell geliefert werden?«, wollte Prue wissen.

»Oh«, machte Piper betont unschuldig und spielte mit dem Schal, »das war ganz einfach. Ein bisschen Trinkgeld, ein bisschen Aufpreis, ein bisschen Magie ...«

»Du hast das *Buch der Schatten* missbraucht, um damit einzukaufen?«, stieß Prue entsetzt hervor.

Jetzt wurde es ernst. Die Halliwell-Schwestern lebten nach drei ehernen Grundsätzen: Alle für eine, eine für alle. Die Unschuldigen müssen um jeden Preis geschützt werden. Und – Hexenkräfte dürfen nicht für persönliche Bedürfnisse missbraucht werden!

»Ich musste«, rechtfertigte sich Piper. »Ich konnte doch wohl kaum sechs bis acht Wochen auf die Lieferungen warten!«

»Genug jetzt!«, unterbrach Prue. »Piper, du wirst von deiner Sünde völlig aufgefressen. Wenn das so weitergeht, verlierst du bald völlig deine Kräfte!«

Statt zuzuhören, steckte Piper einen Stecker in die Dose, und ein monströser Garten-Springbrunnen begann in der Eingangshalle des Hauses zu plätschern. »Entspannend, findest du nicht?«

Phoebe fand Leo auf seinem neuen Lieblingsplatz – direkt auf der Couch vor dem Fernseher. Nur war die Couch jetzt aus Wildleder und der Fernseher hatte eine Bildschirmgröße, die einige Programmkinos neidisch gemacht hätte.

Er sah sich den Sportkanal an.

»Hallo, Leo«, säuselte sie lüstern.

»Schhhh«, zischte Leo lahm, »ich schaue fern.«

Mit einem Plumps ließ sich Phoebe neben ihm auf das Sofa fallen und begann, an ihrem Oberteil zu nesteln. »Ich weiß was Spannenderes als das Fernsehprogramm – mich!«

Ein normaler Mann wäre auf dieses Angebot mit Begeisterung eingegangen und ein normaler Leo wäre entsetzt davongelaufen. Aber dank seiner Sünde war der *Wächter des Lichts* von Phoebes Vorschlag wenig begeistert. »Lass gut sein, ich möchte das hier sehen.«

Phoebe nahm ihm entschlossen die Fernbedienung ab und schaltete das Gerät aus. Es kam zu dem gewünschten Effekt – Leo wollte seine Fernbedienung wieder haben und begann, sich mit ihr auf dem Sofa zu balgen.

Ihren Ehemann und ihre Schwester im Clinch zu sehen, war nicht gerade eine Traumvorstellung für Piper. Deshalb reagierte sie auch mit wenig Zurückhaltung, als sie in diesem Moment ins Wohnzimmer kam.

»Phoebe!«

Entnervt blickte Phoebe sie an. »Was hast du? Prue lässt mich nicht raus, also muss ich mit dem auskommen, was ich hier vorfinde.«

Pipers Augen blitzten. »Nimm deine Hände von meinem Ehemann!«

Wütend sprang Phoebe auf. »Zwing mich doch!«

Piper schnappte sich eine teure goldlackierte Büste. »Kein Problem!«

Leo ging dazwischen. »Nicht – sonst geht die Fernbedienung kaputt!«

Piper holte erneut mit der Büste aus, diesmal wurde sie jedoch von Prue gestoppt, die das kostbare Stück schließlich zur Seite stellte. »Nun kriegt euch endlich mal wieder ein! Soweit ich weiß, müssen wir immer noch einen Dämon vernichten und einen Unschuldigen retten!«

Phoebe ließ sich gelangweilt auf das Sofa zurückfallen. »Ich dachte, Daryl hätte den Pastor an einem sicheren Ort versteckt.«

»Aber damit sind erst sechs der sieben Sünden abgehakt«, erklärte Prue, »da draußen rennt noch jemand herum, der mit Wut infiziert ist.«

»Und was sollen wir jetzt machen?«, wollte Piper wenig begeistert wissen.

»Leo, du musst den Hohen Rat fragen, was man gegen die Sünden tun kann«, bestimmte Prue.

Leo schüttelte langsam den Kopf. Er war mittlerweile so faul, dass er nicht einmal auf Phoebe reagierte, die versuchte, an seinem Ohr zu knabbern. »Ich bin zu müde.«

Mit zwei Schritten war Prue bei ihm und haute ihm ein paar Mal kräftig auf den Arm. »Beweg jetzt endlich deinen Hintern! Du bist ein *Wächter des Lichts*, das ist dein Job!«

»Ihr hört doch sowieso nie auf mich«, murmelte Leo, »ich nehme oben eine Mütze voll Schlaf.«

Sprach's und löste sich in einem Funkenregen auf.

Prue warf entnervt die Hände gen Himmel. »Okay, dann eben ohne dich! Wir haben ja immer noch die *Macht der Drei*!«

In diesem Moment fiel ihr auf, dass Phoebe begeistert die männlichen Modelle in einem Bademoden-Katalog angaffte, während Piper mit einem Paar brandneuer Boxhandschuhe spielte.

So viel zur *Macht der Drei*.

Mit seiner Sporttasche in der Hand verließ der junge Cop das Revier.

Mann, er war so geladen!

Dieses Miststück hatte ihm übel mitgespielt. Erst ließ sie ihn abblitzen, dann machte sie ihn scharf – und nun war er wegen ihr suspendiert worden.

Kraftvoll schleuderte er die Tasche in den Kofferraum seines Wagens.

Er würde es ihr heimzahlen.

Und wie er es ihr heimzahlen würde!

Er klappte den Deckel zu und wollte sich zur Fahrertür begeben, als plötzlich Lucas wie aus dem Nichts vor ihm auftauchte.

»Hast du herausgefunden, wo der Pastor versteckt wird?«, fragte der Dämon.

»Wo kommst du denn so plötzlich her?«, fragte der junge Beamte. Trotz seiner Raserei empfand er es nicht als normal, dass jemand sich so einfach vor ihm materialisierte.

»Ich stelle hier die Fragen.«

Der Cop raufte sich die Haare. »Niemand spricht darüber. Zumindest nicht mit mir.«

»Das ist leider nicht ausreichend«, zischte Lucas.

»Hör zu, Freundchen«, knurrte der junge Beamte, hielt aber sofort inne, denn ein feuriger Schmerz fuhr durch seine Brust. Er sackte in die Knie.

»Wut ist etwas Furchtbares, nicht wahr?«, höhnte Lucas. »Man weiß gar nicht, wohin damit. Es frisst einen auf – im wahrsten Sinne des Wortes.«

Lässig zog der Dämon seinem Gegenüber die schwere Pistole aus dem Gürtelhalfter. »Richte deinen Hass auf die Halliwells – zwinge sie, dir zu sagen, wo der Pastor ist. Glaube mir – danach wirst du dich gleich viel besser fühlen.«

Der Polizist sah ihn entgeistert an. Aber dann dämmerte es ihm – diese Schwestern waren die Ursache für alle seine Probleme. Es war doch nur gerecht, sich an ihnen zu rächen.

»Nichts, überhaupt nichts!«, fluchte Prue entnervt. »*Im Buch der Schatten* steht nichts zu der Frage, wie man die Sünden wieder los wird. Wieso hatte keine Hexe vor uns versucht, dieses Problem in den Griff zu bekommen.«

»Keine von denen war so ehrgeizig wie du«, neckte Piper, während sie ihre Füße in ein Sprudelbad tauchte und sich die Zähne mit einer elektrischen Zahnbürste putzte.

»Wenigstens gebe ich mir Mühe«, knurrte Prue, »statt vor mich hin zu dösen.«

Phoebe, die auf einem Sofa in der Ecke lag, schlug kurz die Augen auf. »Ich döse nicht. Ich habe gerade die besten Visionen meines Lebens.«

»Wie das?«

Triumphierend hielt das Nesthäkchen der Halliwells einen winzigen Gegenstand hoch. »Ein Knopf von der Uniform des jungen Polizisten. Mann, wenn der Film nur halb so gut ist wie die Vorschau, werde ich ihn mir mehrmals ansehen.«

Sie grinste gelöst und schloss wieder die Augen.

»Ist das alles, was dich noch interessiert?«, wollte Prue wissen.

Phoebe nickte nur entspannt.

»Na schön«, sagte Prue, »ich vernichte den Dämon, rette die Unschuldigen und, wenn dann noch Zeit ist, werde ich euch vielleicht von euren Sünden befreien.«

Phoebe winkte ab. »Nur keine Mühe.«

Piper sah die Sache ähnlich. »Kümmere dich nur um dich selbst.«

Sie wedelte dabei mit der Hand und stieß dadurch eine moderne Stehlampe um, die direkt mit der nackten Glühbirne ins Wasser ihres Fußbads fiel!

Es gab einen Funkenregen, einen kurzen Blitz, und mit einem mächtigen Stoß wurde Piper aus ihrem Sessel geworfen. Der alte dicke Teppich fing ihren Fall ein wenig ab und nach zwei Rollen rückwärts lag sie verdattert auf dem Boden.

»Piper!«, rief Prue entsetzt.

Selbst Phoebe sprang auf, um ihrer Schwester beizustehen.

»Was war das denn?«, fragte Piper verwirrt. Ihre Gesichtsmuskeln zuckten etwas unkontrolliert.

»Du hättest dich fast getötet«, erklärte Prue.

»Ich fühle mich so komisch«, murmelte Piper.

»Sei froh, dass du überhaupt noch etwas fühlst.«

Es klingelte an der Haustür.

»Wer kann das sein?«, wollte Prue wissen. Es war schon spät am Abend und im Moment war nicht der richtige Zeitpunkt für Gäste.

Phoebe ging zum Fenster des Dachbodens und sah nach draußen. Sie begann zu kreischen: »Es ist der Polizist von heute Morgen!«

Sie riss das Fenster auf und winkte dem Mann, der vor der Haustür stand. »Hi! Hi! Ich komme sofort runter! Momentchen!«

Sie lehnte sich etwas vor, um ihn noch besser in Augenschein nehmen zu können. Leider zu weit! Phoebe kippte direkt nach vorne aus dem Fenster!

Ein Fall aus dem zweiten Stock hätte sicher fatale Folgen für Phoebe gehabt – Hexenkräfte hin oder her.

Gott sei Dank hatte Prue das Drama schon erahnt und noch bevor Phoebe den Halt verlor, packte sie sie am Hosenbund und zog sie wieder zurück.

»Das war knapp«, keuchte Phoebe.

»Seht ihr denn nicht, was hier vor sich geht? Die Sünden versuchen, euch umzubringen!«

Aber Phoebe war mit ihren Gedanken schon wieder bei dem Polizisten. Aufgeregt hüpfte sie in Richtung Treppe.

Prue sah Piper an, in der Hoffnung, wenigstens bei ihr ein bisschen Vernunft zu entdecken. Doch keine Chance. »Prue, wir haben einfach verschiedene Prioritäten. Was du brauchst, ist ein wenig Ablenkung. Ich weiß – lass uns schicke Schuhe kaufen!«

Mit viel Elan riss Phoebe die Haustür auf. »Ich wusste, dass du zu mir zurückkommst.«

Normalerweise funktionierte diese kitschige Masche bei den Männern ganz prima, aber dieser hier drängte sich nur grob an Phoebe vorbei. »Das ist kein Freundschaftsbesuch«, knurrte er mit einem gefährlichen Unterton.

Er packte die junge Frau und schob sie in das Wohnzimmer.

»Huh!«, kreischte Phoebe in einer Mischung aus Unsicherheit und Begeisterung. »Ist das ein Rollenspiel? Hast du deine Handschellen dabei?«

Tatsächlich griff der Polizist in seine Jacke. Was er hervor zog, war allerdings seine Pistole, die er Phoebe in die Nieren drückte. »Wo ist der Pastor?«

Jetzt wurde der jungen Hexe klar, dass es ernst war. »Keine Ahnung, ich schwör's!«

»Lügnerin!«, schrie der Polizist und stieß sie von sich.

Phoebe krachte hart in eine Kiste mit einem brandneuen PC-Flachbildschirm.

Der Mann war jetzt völlig in Rage. Er stapfte wie ein Nashorn durch den Raum und schlug wahllos auf die teuren Neueinkäufe ein. »Du bist vielleicht ein Luder.«

Krach! Mehrere Porzellan-Sets gingen zu Bruch.

»Ich bin vom Dienst suspendiert worden!«

Scheppper! Das war die antike Standuhr.

»Aber du wirst dafür bezahlen!«

Er richtete seine Waffe direkt auf ihre Stirn.

»Und zwar genau jetzt!«

»Bitte nicht!«, flehte Phoebe. Sie versuchte vergeblich, sich aufzurappeln.

Langsam krümmte sich der Finger des Polizisten um den Abzug.

»Ahhh!«, kam es plötzlich vom oberen Absatz der Treppe. Es war Piper. »Was ist mit meinen Sachen passiert?«

Der Polizist war einen Moment lang unsicher, wie er reagieren sollte. Diese Zeit reichte Piper, um den Mann mit einer entnervten Handbewegung einzufrieren.

Phoebe nutzte die Gelegenheit, ein paar Schritte die Treppe hinaufzustolpern.

Ein Schuss hallte durch das Haus.

Der Cop konnte sich schon wieder bewegen!

Glücklicherweise fanden sowohl Piper als auch Phoebe hinter dem schweren Holzgeländer der Treppe Schutz.

»Wo ist der Pastor?«, schrie der Eindringling.

»Weiß ich nicht!«, rief Piper wahrheitsgemäß.

Weil der Cop für einen Augenblick abgelenkt war, entschied sich Phoebe zu handeln. Mit einem gewaltigen Satz sprang sie auf ihn zu und riss ihn um. Dabei fiel ihm die Pistole aus der Hand. Mit ihrem ganzen Körpergewicht drückte Phoebe den Mann zu Boden.

Piper wollte ihrer Schwester zu Hilfe eilen, aber sie verhedderte sich in ihrem langen Kaschmir-Schal und stürzte die Treppe hinunter. Immer schneller werdend überschlug sie sich zweimal, sodass sie am Ende krachend gegen die geschmacklose Gipsnachbildung von Michelangelos »David« stieß.

Doch damit nahm das Unglück seinen Lauf.

Die Statue fiel gegen die Standuhr, die Standuhr warf einen Stapel echt bayerischer Bierkrüge um, die allesamt in den Springbrunnen fielen. Das Wasser des Springbrunnens platschte gegen die teure Stereoanlage, die daraufhin funkensprühend ihren Geist aufgab.

Es war wie ein bizarres und sehr teures Domino-Spiel. Nach und nach fielen fast alle frisch gekauften Luxusgüter dem Zerstörungschaos zum Opfer.

Piper konnte nur fassungslos zusehen. Eigentlich war es ja klar gewesen – Flüche endeten niemals gut und das galt besonders dann, wenn man sie für persönliche Bedürfnisse missbrauchte.

Die junge Hexe schloss die Augen. Sie bekam nicht mehr mit, wie der Polizist Phoebe einen Kinnhaken verpasste und sie von sich stieß.

Auch dass er seine Pistole wieder aufhob, nahm sie nicht mehr wahr.

Prue hörte den Krach von unten. Sie seufzte. Was machten ihre verrückten Schwestern denn nun schon wieder?

Bereits am oberen Absatz der Treppe sah sie das Chaos.

Oh-oh. Es schien, als ob die Sünden langsam ihre destruktiven Eigenschaften auslebten.

Dann bemerkte sie ihre Schwestern, die bewusstlos an verschiedenen Stellen zwischen den Trümmern lagen. Und sie sah den Polizisten, der seine Waffe aufhob – und sie gegen sich selbst richtete!

Prue blieb kaum Zeit zu handeln. Der Mann mochte zwar momentan kein liebenswerter Zeitgenosse sein, aber er stand offenbar unter dem Einfluss dämonischer Kräfte.

Sie musste den Unschuldigen retten!

Ihre Hände flogen hin und her, und mit Hilfe ihrer telekinetischen Kräfte bombardierte sie den Polizisten mit Gegenständen – Vasen, Gabeln, sogar mit einem riesigen Stoffpanda. Verwirrt und überrascht ließ er seine Waffe fallen. Dann stieß Prue ihn mit Geisteskraft gegen die Wand, sodass er ohnmächtig zusammenbrach.

Sie gestattete sich nur eine Sekunde, um durchzuatmen.

Sie musste ihren Schwestern helfen!

Doch dazu kam es nicht.

Prue hatte nicht gesehen, wie sich Lucas hinter ihr materialisierte. Der fiese Dämon legte seinen Arm um ihren Hals und flüsterte in ihr Ohr: »Du kannst nicht retten, was schon verloren ist.«

Als er sich und die junge Hexe aus dem Haus zauberte, wurde Prue schwarz vor Augen.

5

In Pipers Kopf lief ein Punk-Konzert ab. Es dröhnte, hämmerte, blitzte und krachte.

Sie stöhnte.

Aspirin, eine ganze Kiste! Bitte!

Mühsam öffnete sie die Augen und rollte sich auf den Rücken. Sofort machte sich alles, was sie heute schon in sich reingestopft hatte, Pralinen und Champagner, auf unangenehme Weise bemerkbar. Sie schaffte es gerade noch, den Brechreiz zu überwinden.

Ihr Blick wurde langsam etwas klarer – doch sie hätte sich die undurchdringlichen Schleier vor ihren Augen am liebsten wieder zurückgewünscht.

Im Halliwell-Haus sah es aus, als hätte eine Bombe eingeschlagen. Aus Waren im Wert von mehreren tausend Dollars war in zwanzig Sekunden Sperrmüll geworden.

Aus dem Augenwinkel nahm Piper eine Gestalt wahr, die regungslos ein paar Schritte entfernt lag.

Phoebe!

Piper kroch auf ihre Schwester zu. Mit Entsetzen sah sie den Blutstropfen, der aus dem Haar der jungen Hexe über ihre Stirn lief.

»Leo!«, rief Piper verzweifelt.

Sie brauchte jetzt dringend die Heilkräfte ihres Mannes – nicht nur für ihre Schwester, sondern auch für sich selbst, wie sie feststellte, als sie versuchte, sich aufzurichten. Ihr linkes Bein knickte weg, als stünde es nicht mehr unter ihrer Kontrolle.

Na toll!

Bänderriss, Knochenbruch, Meniskus – alles war möglich. Piper war keine Ärztin, sie wusste nur, dass es sehr weh tat.

Halb humpelnd, halb kriechend schleppte sie sich die Treppe hoch zu ihrem gemeinsamen Schlafzimmer.

Es dauerte fast fünf Minuten. Fünf Minuten, in denen Piper genug Zeit hatte, sich für ihr Verhalten zu schämen, sich Sorgen um Prue zu machen – und den Entschluss zu fassen, echten Berberteppich als Belag für die alte Treppe zu kaufen. Das würde bestimmt totschick aussehen!

Im Schlafzimmer angekommen, sah sie Leo friedlich schlafend auf dem Bett. Wie es schien, hatte der Lärm aus dem Erdgeschoss seinen Schlummer nicht gestört.

»Leo!«, rief Piper erneut, aber es war sinnlos. Sie wollte auf ihn zugehen, aber ihr Bein knickte erneut weg. Sie versuchte sich an der Kommode festzuhalten, doch stattdessen riss sie das Deckchen samt Blumenvase zu Boden.

Diesmal schreckte Leo hoch.

Er sah seine Ehefrau, wie sie hilflos, verletzt und schluchzend auf dem Teppich kauerte.

Faulheit hin oder her – so schnell war Leo noch nie auf den Füßen gewesen. Er flog förmlich aus dem Bett, um seiner geliebten Frau beizustehen.

»Piper, was ist geschehen?«, rief er voller Sorge.

In diesem Moment schüttelte ein Lichtblitz seinen Körper und eine kleine Lichtkugel verließ ihn.

»Leo, du ... du hast gerade geleuchtet«, keuchte Piper.

»Ist doch jetzt egal«, sagte der *Wächter des Lichts* eilfertig, »jetzt muss ich dir erst einmal helfen.«

Er wollte seiner Frau seine heilenden Hände auflegen, aber sie winkte ab. »Zuerst musst du dich um Phoebe kümmern, sie liegt unten. Und dann müssen wir Prue finden – der Dämon hat sie mitgenommen!«

Nun wurde auch Piper von dem seltsamen Leuchten erfasst und eine Lichtkugel löste sich aus ihrem Körper.

»Du hast auch geleuchtet«, sagte Leo überrascht.

»Habe ich?«, wunderte sich die junge Hexe. »Hast du deine Heilkräfte angewandt?«

»Nein«, antwortete Leo verwirrt.

Aber das holte er jetzt nach. Egal, wie dringlich die anderen Aufgaben waren, er wollte seine Frau nicht leiden sehen. Seine Hand begann zu glühen und er bewegte sie langsam über ihren Körper.

Piper atmete tief durch. Massagen, Schaumbäder, Akupunktur – das alles konnte nicht mit der heilenden Wärme von Leos Händen mithalten. In Sekunden war der Schmerz nicht nur vergessen, sondern vergangen.

»Es sind die Sünden«, murmelte Leo dabei, »ich glaube, wir sind sie los.«

»Wie das?«, fragte Piper. »Ich dachte, Magie würde nicht helfen?«

»Tut sie auch nicht«, stimmte Leo zu. »Vielleicht ist Selbstlosigkeit der Schlüssel zum Sieg über die Sünde. Du hast dir eben mehr Sorgen um das Wohl deiner Schwestern gemacht als um dein eigenes. Und ich habe mir mehr Sorgen um dich als um mich gemacht.«

»Dann muss Phoebe auch frei sein«, schlussfolgerte Piper, »denn sie hat eben ihr Leben riskiert, um mich vor Lucas zu schützen.«

Gemeinsam eilten sie ins Erdgeschoss, wo Phoebe immer noch bewusstlos am Boden lag.

Leo legte seine Hand auf ihren Kopf. »Sie atmet noch.«

Piper entspannte sich ein bisschen. So lange eine Person noch nicht tot war, konnte Leo sie immer noch retten. Das war einer der Vorteile, mit einem *Wächter des Lichts* verheiratet zu sein. Die waren so etwas wie übernatürliche Sanitäter mit Zufriedenheits-Garantie.

Leo strich mit der Hand über Phoebes Haar. Kurz darauf schlug die junge Hexe die Augen auf.

»Hi, Schätzchen«, sagte Piper erleichtert.

»Hi«, murmelte Phoebe noch etwas benommen und sah sich um. »Wo ist Prue?«

Piper sah betreten zu Boden. »Keine Ahnung, aber wir müssen sie finden. Sie ist in großen Schwierigkeiten.«

Vergeblich kämpfte Prue gegen die Fesseln an, mit denen Lucas sie an die Säule festgebunden hatte, denn die Schnüre wurden mit Magie zusammengehalten. Doch sie gab nicht auf.

Lucas lachte. »Du denkst, du könntest dich befreien. Aber das wird nicht klappen. Genau deshalb ist Stolz die tödlichste der Sünden – sie lässt dich glauben, unbesiegbar zu sein!«

»Meine Kräfte ...« knurrte Prue.

»Sind nutzlos. Denn sie sind vom Bösen verdorben. Dir bleibt nur noch wenig Zeit, um dein Leben zu retten.«

Prue zerrte weiterhin an den Fesseln. »Kein Dämon hat mich je besiegt und du wirst nicht der erste sein, dem dies gelingt!«

Sie hatte nicht einmal Angst vor diesem miesen Drecksack.

Lucas lachte wieder. »Ich brauche dich gar nicht zu besiegen – das wirst du selber tun! In wenigen Minuten wird die Sünde in dir so mächtig sein, dass du dich selber vernichtest. Aber ich bin bereit, dir ein Geschäft vorzuschlagen.«

Prue spuckte aus. »Ich mache keine Geschäfte mit Dämonen!«

Lucas winkte lässig ab. »Aber zuhören wirst du doch, oder? Sieh mal, ich weiß, dass du den Pastor hast beiseite schaffen lassen. Deshalb komme ich nicht an seine Seele heran. Aber weil ich wenig Zeit habe, bin ich bereit, für deine Auskunft zu zahlen. Sag mir, wo er ist – und ich entferne die Sünde aus deinem Körper.«

»Fahr zur Hölle«, zischte Prue.

»Da bin ich schon!«, rief Lucas wütend. »Das hier ist

meine Hölle! Jeder verdammte Tag ist die Hölle! Ich gebe dir die Chance, dein Leben zu retten, Prue. Greif zu!«

»Wenn du meine Sünde entfernst«, schlussfolgerte Prue, »dann fehlt dir immer noch eine Seele.«

»Stimmt«, gab Lucas zu, »aber ich kann die Sündenlichter wieder verwenden. Sie kehren in die Box zurück.«

»Und dann infizierst du noch einen Unschuldigen? So weit lasse ich es nicht kommen. Du kannst mich mal!«

Im Normalfall hätte Prue nie solche Ausdrücke verwendet, aber durch die Sünde des Stolzes fühlte sie sich Lucas sehr überlegen.

Der Dämon schüttelte wütend den Kopf und schnappte sich den Zeremonienstab, der an der Wand lehnte. Damit klopfte er zweimal auf den Steinfußboden, der sogleich zu schimmern begann. Binnen weniger Sekunden öffnete sich ein Höllenschlund, der endlos in die Tiefe führte. An den Wänden der feuerrot leuchtenden Hölle zuckten die Leiber verdammter Seelen, ihre Münder waren weit aufgerissen. Ein Heulen und Zähneklappern dröhnte durch den Raum.

Bei dem Anblick wurde Prue trotz aller Arroganz ein wenig mulmig – aber nicht sehr.

»Siehe die Hölle des ewigen Leidens«, rief Lucas, »Hochmut wird bekanntlich bestraft. Also, was ist deine Antwort? Bedenke – wenn ich verliere, verlierst auch du.«

Prue schien sich mit ihrem Schicksal abzufinden. »Na gut«, knurrte sie. »Binde mich los.«

»Ich will wissen, wo der Pastor ist«, beharrte Lucas.

»Und ich will losgebunden werden«, entgegnete Prue trotzig. »Wenn ich hier von der Sünde aufgefressen werde, bekommst du seine Seele nie!«

Lucas war genervt, aber dieses Hexen-Miststück hatte tatsächlich Recht. Mit einer Handbewegung löste er ihre Fesseln. »Also, was ist jetzt?«

Prue rieb sich die Handgelenke und lächelte süffisant. »Du verlierst, ich gewinne!«

Mit diesen Worten sprang sie direkt in den Höllenschlund hinein!

»Nein!«, schrie Lucas entsetzt. Was machte sie denn da?

Binnen einer Sekunde war Prue schon nicht mehr zu sehen. Lucas hatte keine Ahnung, wie tief der »endlose« Schacht war, aber sie würde bestimmt keinen Galaempfang bekommen. Die Halliwells hatten dem Teufel schon zu oft ins Handwerk gepfuscht.

»Prue!«, schrie Phoebe, die in diesem Moment in Begleitung von Leo und Piper den Raum betrat.

Es war gar nicht so leicht gewesen, das Versteck des Dämons auszupendeln, aber mit Hilfe des *Buches der Schatten* war es ihnen gelungen.

Die Schwestern interpretierten den frustierten Blick von Lucas genau richtig – Prue musste in den Schacht gefallen sein.

»Leo!«, rief Piper hysterisch.

»Schon weg«, antwortete ihr Ehemann und sauste als Funkenregen den Abgrund hinab.

Lucas drehte sich zu den Schwestern. »Verdammt! Verdammt! Stolz ist die einzige Sünde, die man nicht überwinden kann.«

»Überwinde erstmal das hier«, zischte Piper und ließ den Dämon erstarren. Ihre Kräfte waren wieder voll da.

Phoebe und Piper traten an den Rand des gähnenden Abgrunds. Die Geräusche, die von unten zu hören waren, waren einfach schauerlich.

»Ich sehe was«, murmelte Phoebe.

Tatsächlich schraubte sich ein silbrig-blauer Funkenregen aus dem Höllenschlund nach oben.

Mit angehaltenem Atem warteten die Schwestern darauf, was sich jetzt materialisieren würde.

Es waren – Leo und Prue!

Sie waren gerettet!

Prue schien das allerdings anders zu sehen. »Lass mich los«, keifte sie.

»Ich wollte dich doch nur retten«, protestierte Leo.

»Ich brauche keine Rettung«, knurrte Prue und zupfte ihr Top zurecht. »Ich hätte das schon allein geschafft.«

»Ups«, sagte Piper.

»Anscheinend müssen wir ihn vernichten, um die Sünde vollständig aus ihr herauszubekommen«, vermutete Phoebe.

Sie deutete auf Lucas, der immer noch wie angewurzelt dastand. Dann nahm sie die Box mit den Sünden und warf die Kugeln direkt in seine Richtung. Augenblicklich drangen sie in den Körper des Dämons ein. Dann löste Piper Lucas' Erstarrung, und seinem erstaunten Gesichtsausdruck zufolge brauchte er ein paar Sekunden, um zu begreifen, was da passiert war.

Dann begann er zu taumeln. Die Sünden kämpften sich durch seinen Körper und seine Haut wechselte mehrfach die Farbe. Er warf sich hin und her bis er das Gleichgewicht verlor und schreiend in den Abgrund stürzte.

Piper und Phoebe sahen ihm mit wenig Mitleid hinterher.

Prue hingegen zuckte zusammen, als die Lichtkugel der Sünde ihren Körper verließ und wieder in die Box zurückkehrte.

»Was war denn das gerade?«, fragte sie verwirrt.

»Sieht so aus, als wärst du deine Sünde los«, verkündete Piper.

Von irgendwoher kamen noch zwei weitere Lichtkugeln, um ihren Platz in der Box einzunehmen.

»Und das dürften dann die Sünden des Pastors und des Cops sein«, meinte Phoebe. »Damit sind die Unschuldigen wieder frei.«

Sie warf die Box sofort in den Höllenschlund.

Prue schnappte sich den Zeremonienstab und klopfte damit an den Rand des Abgrunds. So schnell wie er sich geöffnet hatte, so schnell schloss er sich wieder.

Aus dem Augenwinkel sah Piper etwas leuchten. Sie hob einen Kristall vom Boden auf. »Ist das noch eine Sünde?«, fragte sie in die Runde.

»Kann eigentlich nicht sein«, meinte Leo.

»Dann ist es vielleicht die Seele des Geschäftsmannes«, warf Phoebe ein.

Piper reichte den Kristall ihrem Ehemann. »Es ist wohl deine Aufgabe, sie an einen besseren Ort zu bringen.«

»Ich weiß auch, wo der ist«, lächelte Leo und verschwand.

Die Schwestern lächelten. Diesen Unschuldigen hatten sie vielleicht nicht retten können, aber seine Seele würde es im Jenseits sehr gut haben, dafür war gesorgt.

»So, dem haben wir es aber gezeigt«, meinte Prue mit einem Blick auf die Stelle, an der Lucas eben in die Hölle gestürzt war. Dann bemerkte sie den Blick ihrer Schwestern. »Okay, ich gebe es ja zu – ohne euch hätte ich das nicht geschafft.«

»Und wir nicht ohne dich«, ergänzte Phoebe. »Du hast mich nach Hause gebracht ...«

»Ja, aber ...«

»Jetzt ist es genug!«, verkündete Piper. »Ich mag die bescheidene Prue nicht. Ich will meine Schwester wiederhaben.«

»Ich auch«, pflichtete Phoebe bei.

»Genau genommen habe ich ja tatsächlich den Polizisten davon abgehalten, sich zu erschießen«, erkannte Prue. »Und es war meine Idee, den Pastor zu verstecken ...«

»Das ist sie wieder«, verkündete Phoebe.

Gemeinsam machten sie sich auf den Heimweg.

Es war ein harter Tag gewesen.

6

*E*S WAR WIEDER MAL SEHR VOLL IM *P3*, wie immer, wenn eine heiße Live-Band auftrat. Diesmal war das Publikum etwas düsterer und schlechter gekleidet als sonst, denn zu Gast war heute Abend eine Punk-Band. Die harten Gitarren-Riffs und die Grabesstimme des Sängers sorgten für Schaueratmosphäre.

Prue hatte zwei Gläser Sekt organisiert, weil Piper heute Abend mal nicht hinter dem Tresen stand. Sie lehnte davor und blickte zur Bühne.

»Hier«, sagte Prue und drückte ihrer Schwester einen Kelch in die Hand.

»Ich weiß nicht, ob ich das trinken sollte«, sagte Piper unsicher.

»Ach was«, winkte Prue ab. »Nichts gegen Genuss, so lange es im Rahmen bleibt.«

»Diese Lektion hat uns Lucas ja wirklich beigebracht – alles in Maßen«, pflichtete Piper bei. Sie nahm einen Schluck.

»Von Lucas brauche ich mir gar nichts beibringen zu lassen«, erklärte Prue kategorisch, fing sich aber sofort wieder. »Da ist er schon wieder – mein verdammter Stolz. Ich schwöre dir, ich arbeite dran!«

Piper musste lächeln. »Es ist ein ewiger Kampf.«

Prue wurde wieder ernst. »Was ich aber nicht ganz verstehe – wieso konntet ihr alle eure Sünden loswerden, und ich nicht? Ich habe einen ganzen Haufen selbstloser Taten vollbracht und trotzdem musstet ihr erst den Dämon vernichten, um mich zu befreien.«

Piper dachte darüber nach. »Lucas meinte, Stolz sei die einzige Sünde, die man nicht überwinden könne. Damit meinte er wohl, dass Stolz keine Selbstlosigkeit kennt.«

»Moment mal!«, protestierte Prue. »Ich habe mich in

einen Höllenschlund geworfen, um den Pastor zu retten.«

Piper nickte. »Aber du hast es getan, um zu gewinnen. Das Gute, das du unter dem Einfluss der Sünde getan hast, geschah nur zur Befriedigung deines aufgeblasenen Egos.«

»Okay«, stimmte Prue seufzend zu und hob ihr Glas. »Trinken wir also auf Leo, weil er mich vor der ewigen Verdammnis gerettet hat.«

Piper stieß ihr Glas dagegen. »Und auf mich, weil ich mich entschlossen habe, nicht mehr perfekt sein zu wollen. Wem das nicht genug ist, der kann mich mal.«

»Darauf trinke ich auch!«, grinste Prue.

In diesem Augenblick kam Phoebe auf hochhackigen Schuhen angetippelt. Sie war wieder ganz die Alte – weshalb sie auch eines dieser gefährlich geschnittenen Pailletten-Lätzchen trug, die hinten nur durch ein Bändchen zusammengehalten wurden.

»Oh Mann, ich bin so aufgeregt«, verkündete sie freudestrahlend.

Prue und Piper rollten mit den Augen.

»Ich habe mich angesichts der Geschehnisse der letzten Tage entschlossen, ein Referat zum Thema ›Sexuelle Dominanz im gesellschaftlichen Miteinander‹ zu halten. Es ist mir gelungen, Dr. Strickland zu überzeugen, dass meine Anmache nur ein Feldversuch war! Gestern habe ich die schriftliche Fassung abgegeben und ...«

Sie stoppte. Prue und Piper konnten es kaum abwarten.

»Was denn?«, drängelte Prue.

»Ich habe eine Zwei bekommen!«, jauchzte Phoebe triumphierend.

Ihre Schwestern stellten die Gläser auf den Tresen, um begeistert in die Hände klatschen zu können.

»Eine Zwei minus zwar«, schränkte Phoebe ein, »aber immerhin. Das bedeutet, ich kann den Abschluss doch noch schaffen. Und niemand, nicht einmal Cole, wird mich davon abhalten!«

»Gratuliere«, sagte Piper.

»Ich bin sehr stolz auf dich«, ergänzte Prue.

»Du redest schon wieder von Stolz?«, grinste Phoebe.

»Aber nicht im sündigen Sinne«, widersprach Prue lachend. Sie wandte ihren Blick zur Bühne. »Interessante Band. Wer sind die?«

Piper biss sich auf die Lippen. »Sie heißen ›Orgy‹, Orgie.«

Na, das passte ja mal wieder prima.

Die Todesfee

1

PHOEBE WAR VERZWEIFELT.

Sie saß auf der Couch im Wohnzimmer, auf der ihre Oma ihr und ihren beiden Schwestern so oft Geschichten vorgelesen hatte.

Was für eine schöne und unbeschwerte Zeit das damals gewesen war. Keine Zauberkräfte, keine Unschuldigen, die sie retten mussten, keine Dämonen, die hinter ihnen her waren ...

Und vor allem keinen Liebeskummer.

Auf Phoebes Schoß lag auf einem dicken Sofakissen das *Buch der Schatten*. Immer und immer wieder studierte sie den Eintrag über den Dämonen Balthasar.

Wer hätte denn ahnen können, dass ihr charmanter Staatsanwalt Cole und der grausame Dämon Balthasar ein und dieselbe Person, oder besser gesagt, ein und derselbe Dämon waren? Die hübsche junge Frau betrachtete voller Wehmut einige Fotos in ihrer Hand.

Sie wollte am liebsten aufwachen und feststellen, dass alles so war wie damals, als sie und Cole wie zwei verliebte Teenager Fotos aus dem Automaten im Einkaufszentrum gezogen hatten.

Sie waren so glücklich miteinander gewesen.

Sollte das jetzt einfach so vorbei sein?

Nach allem, was sie zusammen durchgemacht hatten!

Vor ein paar Wochen war alles in Ordnung gewesen. Phoebe und ihre Schwestern waren ihren üblichen Verpflichtungen nachgegangen –Dämonen vernichten und Unschuldige retten. Piper hatte endlich ihren geliebten Leo geheiratet und sogar Prue beschloss, wenigstens ab und an an einem Date teilzunehmen.

Phoebe hatte wirklich geglaubt, dass sie und Cole eine

Chance bekamen, miteinander glücklich zu werden – bis Reyno aufgetaucht war.

Reyno, der die satanische Bruderschaft anführte, deren Mitglied Cole seit Jahrhunderten gewesen war.

Durch die Vernichtung der Bruderschaft hatte Cole geglaubt, endgültig mit seiner dämonischen Seite brechen zu können. Doch er unterschätzte dabei die Cleverness seines Gegners.

Vor Phoebes Augen hatte sich Cole in Balthasar verwandelt – und eine junge Hexe getötet!

Damit war er für das Gute auf ewig verloren – das meinten zumindest Prue, Piper und Leo.

Auch Phoebe war mittlerweile davon überzeugt, dass das Böse in Cole nie aufgehört hatte, sein Unwesen zu treiben. Es blieb in seiner Seele, schwärzte seine Gedanken und vergiftete sein Herz.

Ihr war hundeelend zu Mute.

Phoebe konzentrierte sich wieder auf das *Buch der Schatten*, das auf ihrem Schoß lag. Sie sah das Bild Balthasars vor sich und überprüfte erneut ihre Notizen über die Eigenschaften und Vorlieben Coles. Dann klebte sie die Automatenfotos daneben.

Über das große Foto des gut aussehenden Staatsanwalts schrieb sie nun mit ihrem Filzstift ›Coles menschliche Form!‹.

Es sah eher aus wie der Tagebucheintrag eines Teenagers, als ein hilfreicher Beitrag im *Buch der Schatten*.

Phoebe legte den Stift aus der Hand und lehnte sich seufzend zurück, als Prue zur Haustür hereinkam.

Phoebe sah zu ihrer ältesten Schwester auf und begrüßte sie lächelnd. »Du hättest ihn hereinbitten können!«

»Wen?«, fragte Prue überrascht.

»Dein Date – den Kerl, mit dem du die ganze Zeit da draußen geflirtet hast«, gab Phoebe schnippisch zurück.

»Du sollst mir nicht immer nachspionieren.«

»Für einen Single ist ein Liebesleben aus zweiter Hand besser als gar nichts«, erläuterte Phoebe ihr. »Das verstehst du doch sicher!«

»Also, an deiner Stelle würde ich mir lieber ein anderes Liebesleben zur Beobachtung aussuchen. Bei mir fehlt immer das Happy End!«, gab Prue zurück.

»Wenn du alle Typen draußen abfertigst, wundert mich das überhaupt nicht. Versteh mich nicht falsch – ich bin froh, dass du dich wieder für Männer interessierst, aber du bist einfach zu wählerisch. So komme ich wirklich nicht auf meine Kosten!«, frotzelte Phoebe weiter.

Prue war eine intelligente, erfolgreiche und blendend aussehende junge Frau. Sie konnte sich daher über einen Mangel an interessierten jungen Männern wirklich nicht beschweren. Aber irgendwie erwiesen sie sich alle früher oder später als Langeweiler.

Und sobald einer tatsächlich mal interessant zu werden schien, entpuppte er sich bald darauf als ein gefährlicher Dämon, der gekommen war, um sie zu töten.

Es war zum verrückt werden!

Es gab so viele Männer, aber sie lernte einfach keinen kennen, der etwas taugte.

»Ich bin nicht wählerisch, ich bin einfach gelangweilt!«, beklagte sich Prue. »Ein halbwegs interessanter Mann mit etwas Ausstrahlung würde mir schon reichen. Von einem, der mich umhaut, will ich ja gar nicht erst reden.«

»Nein, das solltest du auch nicht. Denn an den Typen, die einen umhauen, ist meistens etwas faul!«, urteilte Phoebe und zeichnete einen Pfeil, der von der Überschrift ›Coles menschliche Form‹ auf das Foto von Cole deutete.

Prue setzte sich auf die Armlehne der Couch und legte ihren Arm tröstend um die Schulter ihrer kleinen Schwester.

Dabei blickte sie auf Phoebes Notizen.

»Cole steht auf lange Spaziergänge, Jazz und guten Wein«, las sie ungläubig vor. »Was soll das?«, fragte sie.

»Cole ist ein Dämon und wir halten doch im *Buch der Schatten* ihre Eigenschaften fest«, erklärte Phoebe.

»Aber doch nicht so was. Hältst du das denn wirklich für wichtig?« Prue kam das sehr seltsam vor.

»Stell dir einmal vor, er geht in ein paar Jahrhunderten wieder auf Hexenjagd – dann ist alles, was unsere Nachfahren über ihn erfahren können, wichtig«, versuchte sich Phoebe zu rechtfertigen. »Je mehr sie über ihn wissen, desto besser können sie sich vor ihm schützen. Das ist doch vollkommen klar!«

Prue machte sich Sorgen um ihre kleine Schwester. Sie wusste, dass Phoebe die Trennung von Cole mehr zu schaffen machte, als sie zugeben wollte.

»Willst du darüber reden?«, bot Prue ihr an.

»Das hat keinen Sinn mehr, es ist einfach zu Ende und das ist gut so. Diese Liebe ist tot!«, lehnte Phoebe das Angebot ab.

Prue hatte ihre sonst so lebenslustige Schwester noch nie so deprimiert gesehen.

In diesem Moment ertönte plötzlich ein mächtiger Knall.

Eine Explosion!

Es kam aus dem Keller!

»Was war das?«, fragte Prue und sah sich erschrocken um.

»Piper!« Phoebe klappte das *Buch der Schatten* zu und legte es sofort zur Seite.

»Wo steckt sie denn überhaupt?«, wollte Prue wissen.

»Unten.«

»Ich dachte, sie hätte ihre neue Kraft endlich im Griff?«, wunderte sich Prue, während sie in die Küche eilte, weil sich dort die Kellertür befand.

Piper besaß die Fähigkeit, die Moleküle in ihrer Bewegung einzufrieren oder zu beschleunigen.

Da sie aber mit dieser neuen Kraft noch immer nicht umgehen konnte, kam es des Öfteren vor, dass verschiedene Dinge um sie herum kaputtgingen – besonders, wenn sie genervt war oder sich erschrak.

Und das geschah in letzter Zeit häufig.

»Piper?«, rief Phoebe durch die geschlossene Kellertür.

»Was ist?«, antwortete ihre Schwester gereizt.

»Alles in Ordnung?« Phoebe klopfte an die Tür.

»Natürlich«, rief Piper von unten.

Phoebe öffnete vorsichtig die Tür und sah, wie ihre Schwester in einem Chaos von zerborstenen Weihnachtskugeln, Lametta und sonstigem Dekorationsmaterial stand.

Ihr war nichts passiert, aber mit ihren Nerven war sie am Ende.

»Den Weihnachtsschmuck hat es leider erwischt.« Piper fächerte mit ihrer Hand den aufgewirbelten Staub zur Seite und seufzte, als der alte Pappmaché-Nikolaus auch noch umfiel.

»Dürfen wir runterkommen?«, fragte Prue vorsichtig.

»Nein! Das ist viel zu gefährlich!«, warnte Piper. »Geht von der Tür weg!«

»Das ist doch lächerlich, wir sind schließlich deine Schwestern!«, versuchte Phoebe sie zu beruhigen.

Sie drehte sich wieder zu Prue und meinte: »Oder sollten wir auf sie hören?«

Prue seufzte und holte sich erst einmal eine Flasche Wasser aus dem Kühlschrank.

Von draußen ertönte plötzlich Hundegebell. Es schien, als würde jeder Hund in der Nachbarschaft aufgeregt anschlagen.

Prue blickte zum Küchenfenster rüber, um nachzusehen. »Was ist denn mit den Hunden los?«, fragte sie misstrauisch.

Phoebe ging gar nicht darauf ein und versuchte, weiterhin Piper zu überreden, aus dem Keller zu kommen. »Du kannst dich da unten nicht ewig verkriechen.«

»Wieso denn nicht?«, erwiderte Piper trotzig.

»Was soll denn aus deinem Nachtclub werden? Und aus deinem Ehemann?«, ließ Phoebe nicht locker.

Prue wandte sich wieder ihrer Schwester zu. »Wer soll denn für uns kochen und mit uns das Böse bekämpfen?« Dann sah sie zu Phoebe. »Was jetzt? Sollen wir Piper nach oben holen, oder nicht?«

In diesem Augenblick kam auch noch ihre sonst so ruhige Siamkatze Kitty böse knurrend in die Küche gestürmt. Sie stieß dabei den Abfalleimer um und rannte davon.

Phoebe erschrak so sehr, dass sie mit einem Satz auf den Küchentisch sprang.

Scheppernd fiel der Metallkorb mit den Kochutensilien vom Tisch.

»Was ist denn hier los?« Phoebe wurde es langsam unheimlich.

Erst Pipers Explosion, dann die Hunde und nun die durchgedrehte Katze. Irgendwas lag in der Luft.

»Was war das? Was ist da passiert?«, rief Piper besorgt aus dem Keller.

»Gar nichts«, log Phoebe. »Entspann dich! Das war nur Kitty, okay?!«

»Was geschieht da draußen eigentlich?« Auch Prue konnte sich das merkwürdige Verhalten der Hunde nicht erklären.

Sie schaute aus dem Fenster.

Das Bellen der Hunde war kaum zu ertragen.

Der träge Mops von Peter Miller schaute verunsichert aus dem Wohnzimmerfenster. Er wackelte aufgeregt zu seinem Herrchen und kläffte ihn an, als wolle er ihm sagen, dass er Gefahr wittere.

Der siebenundfünfzigjährige Schriftsteller achtete erst gar nicht auf das Tier.

Auch das Gebell der Hunde in der Nachbarschaft fiel ihm zunächst nicht auf. Sogar die Vibrationen des Erdbodens entgingen seiner Aufmerksamkeit.

Peter war zu sehr in seiner Trauer versunken.

Er saß weinend auf seinem Sessel und blätterte in dem Fotoalbum, in das er die letzten Fotos seiner Frau eingeklebt hatte.

Katherine Miller war vor ein paar Monaten an Krebs gestorben, und er konnte ihren Tod einfach nicht verkraften.

»Du fehlst mir so!« Peter streichelte über das Foto.

Das Beben wurde immer stärker.

Alles um ihn herum erzitterte.

In San Francisco waren Erdbeben keine Seltenheit, doch gewöhnlich kamen sie in kleineren Wellen.

»Sei ruhig Whisky!«, befahl Peter seinem Hund, als er endlich das Kläffen registrierte. Er wollte sich nicht von der Trauer um seine tote Frau ablenken lassen.

Das Beben schwoll immer mehr an.

Der ganze Raum war erfüllt vom Lärm der klirrenden Gläser.

Endlich nahm auch Peter wahr, dass etwas nicht stimmte.

Als Erstes zerbarst die Straßenlaterne vor dem Fenster seiner Wohnung, dann das Glas der Uhr auf der Kommode.

Der Trinkbecher neben ihm kippte vom Tisch.

Die Glühbirnen in seiner Wohnung platzten eine nach der anderen und es wurde stockdunkel.

Klirrend zerschellten die Kristallgläser seiner Frau.

Wie Regen fielen die Scherben zu Boden.

Peng!

Dann explodierten die Fensterscheiben, als wären sie von einer riesigen Druckwelle erfasst worden.

Millionen von Splittern schossen mit lautem Getöse durch den Raum.

Es war wie in einem Inferno.

Aus dem dunklen Nichts sprang etwas hervor.

Eine Furie mit weißen Haaren und einem grauen zerfetzten Kleid. Das runzelige Gesicht verzerrt von Hass und Gier.

Durch eines der zerstörten Fenster schoss sie direkt auf Peter Miller zu.

Er konnte nicht reagieren.

Er war gelähmt vor Angst.

2

*E*S WAR EIN WUNDERSCHÖNER TAG.

Das alte viktorianische Haus der Halliwell-Schwestern wurde von der wärmenden Morgensonne in Licht getaucht. Die Vögel im Garten zwitscherten und ließen die ungewöhnlichen Ereignisse des Vorabends vergessen.

Phoebe saß am Küchentisch und trank ihren Kaffee, während sie weitere Merkmale ihres Exfreundes ins *Buch der Schatten* schrieb.

Prue kam mit der Zeitung in die Küche. Sie sah sichtlich ausgeruht und vergnügt aus. »Morgen.«

»Morgen«, grüßte Phoebe zurück.

»Du schreibst doch nicht schon wieder etwas über Cole in das *Buch der Schatten*, oder?«, fragte sie und nahm sich einen Kaffee.

»Nein«, erwiderte Phoebe.

»Gut«, seufzte Prue erleichtert.

»Jetzt ist erst einmal Balthasar an der Reihe.« Phoebe nippte an ihrem Kaffee.

Balthasar. Das war auch Cole, egal, wie man es betrachtete, Phoebe war wirklich besessen.

Prue seufzte und ging mit ihrer Tasse zum Küchentisch und setzte sich. Sie hatte so sehr gehofft, dass es ihrer jüngsten Schwester an diesem schönen Tag etwas besser ging.

»Allmählich fange ich doch an, mir Sorgen zu machen.«

»Das ist nicht nötig, mach dir lieber Sorgen um Piper«, entgegnete Phoebe.

Prue blickte ihre Schwester nachdenklich an. »Wieso? Ist sie denn immer noch im Keller?«

»Nein. Jetzt hat sie sich in ihrem Zimmer eingeschlossen«, antwortete Phoebe.

»Dann gibt es ja wenigstens bei ihr einen Fortschritt«,

spottete Prue und erntete für diese Bemerkung einen strafenden Blick.

Prue wandte sich ihrer Morgenzeitung zu und sah die Meldung, die über das seltsame Verhalten der Hunde vom Vortag berichtete. »Anscheinend sind wir nicht die Einzigen, die gestern von diesem Gebell gestört wurden. Hier steht, dass es noch nie so viele Beschwerden gab.«

Sie überflog die Überschriften und stutzte, als sie den Artikel und das Foto daneben sah. »Das ist ja interessant.«

Prue beugte sich über die Zeitung. »Zu der Zeit, als die Hunde durchdrehten, ist in unserer Nachbarschaft ein Mann umgebracht worden. Ob Magie dahinter steckt?«

Phoebe wusste zwar, dass es Prue gar nicht gefiel, sie so traurig zu sehen. Aber die gestrigen Vorkommnisse irgendeinem Dämon andichten zu wollen, nur um sie abzulenken, das ging dann doch ein bisschen zu weit. »Lass es, Prue!«

»Es wurde nichts gestohlen und es gibt keinen Hinweis darauf, wie er getötet wurde. Aber überall lag zersplittertes Glas herum«, fuhr Prue ungerührt fort.

»Hör auf! Das funktioniert nicht«, versuchte Phoebe sie zu stoppen. »Du willst mich doch nur ablenken.«

Während sie das sagte, hielt sie die Seite mit dem Eintrag über Balthasar fest in der Hand.

Eine schreckliche Vision erfasste sie.

Ein junges Mädchen.

In einem Telefonhäuschen in einer dunklen Gasse.

Die Scheiben zerbarsten.

Das Mädchen schrie vor Angst.

»Was ist?«, fragte Prue besorgt, die ahnte, was gerade in ihrer Schwester vorging.

Phoebe keuchte. Sie musste sich erst einmal von dem Schock erholen.

»Da war ein Mädchen, nicht älter als vierzehn oder fünfzehn. Hast du nicht gerade von zersplittertem Glas gesprochen?« Phoebe sprang auf und klemmte das *Buch der Schatten* unter den Arm.

»Ja!«, bestätigte Prue.

»Vielleicht hast du mit deinen Anspielungen doch Recht. Vielleicht ist wirklich ein Dämon für den Tod dieses Mannes verantwortlich. Und ich denke, ich weiß auch welcher.«

Prue ahnte, dass Phoebe von Coles Verrat so verletzt war, dass sie es fertig brächte, ihn selbst für den kleinsten Autounfall in der Stadt verantwortlich zu machen. Phoebe ging ins Esszimmer und räumte das weiße Spitzendeckchen ihrer Großmutter vom Tisch, schob den Stuhl zur Seite und kippte den Esstisch um.

Prue konnte kaum glauben, was sie da sah.

»Was hast du vor?«, fragte sie entgeistert. »Was soll das?«

»Wir benutzen einen Zauber, um Cole herbeizurufen und ihn dann zu töten«, erklärte Phoebe grimmig.

»Hey, warte! Warte! Warte! Warte!« Prue wollte Phoebe wieder zur Besinnung bringen. »Warum muss es Cole gewesen sein?«

»Weil ich die Seite über ihn in der Hand hatte, als die Vision kam«, antwortete Phoebe.

Prue ließ nicht locker. »Aber diese Sache hier passt einfach nicht zu Cole. Das ist ganz untypisch für ihn.«

»Wieso hatte ich dann die Vision?« Prue stemmte die Hände in die Hüften, überzeugt, den Schuldigen gefunden zu haben.

Prue verschränkte nachdenklich die Arme vor ihrer Brust. »Ich weiß nicht. Ich habe das Gefühl, du verrennst dich da in etwas. Sicher, er hat dich sehr verletzt, aber das heißt doch nicht zwangsläufig, dass er wieder böse ...«

»Hör zu!«, unterbrach Phoebe sie. »Ich kann es auch ohne dich tun. Also bitte, hole das Zauberelixier.«

»Und was ist, wenn es gar nicht wirkt?«, gab Prue zu bedenken.

»Das wird es.« Phoebe schlug die Seite mit dem Zauberspruch auf und überblätterte dabei den Eintrag über die Todesfee, der sich direkt auf der Rückseite des Blattes befand, auf dem sie die Notiz über Balthasar geschrieben hatte.

Cole war fest entschlossen, von dieser erbärmlichen Schwäche, genannt Menschlichkeit, loszukommen.

Wie hatte ihm, dem großen und mächtigen Dämonen Balthasar, so etwas passieren können? Sich zu verlieben! In eine Sterbliche! Was sollte das?

In seinem Wahn war er fast so töricht gewesen, seine immensen Kräfte für eine Frau aufzugeben.

Cole war in der Höhle, in der er noch vor kurzem Reyno, den Anführer der Bruderschaft, getötet hatte. Seit diesem Mord hatte das Böse in ihm wieder die Oberhand gewonnen.

Wandfackeln erleuchteten den düsteren Raum.

Cole stand in seiner schwarzen Kutte der Bruderschaft vor dem Altar und zündete bedächtig die Zeremonienkerzen an.

Er rezitierte einen alten lateinischen Zauber, der ihn endgültig von seinen Zweifeln und der Bürde seiner menschlichen Seite befreien sollte.

Wie aus einer anderen Dimension war plötzlich ein monotones Gemurmel zu hören.

Da war doch was!

Cole horchte auf.

Die Stimmen kamen ihm doch irgendwie bekannt vor.

Das Gemurmel wurde immer klarer.

Oh nein!

Er ahnte, was gerade vor sich ging.

Cole schäumte vor Wut.
Weibliche Stimmen. Wie aus einer anderen Welt.

»Magische Kräfte ob schwarz oder weiß,
die ihr wirkt durch den Raum des Erdenkreis',
ob nah er ist, ob fern von hier,
bringt uns den Dämon Balthasar zur Zier.«

Was erlaubten sich diese Halliwell-Hexen eigentlich?

Ihn, den großen Balthasar, konnte man doch nicht wie einen Hund herbeirufen! In diesem Augenblick wurde Cole auch schon von einem Staubwirbel, der die Kraft eines Tornados besaß, ergriffen.

Nein!

Er konnte das einfach nicht zulassen!

Cole kämpfte dagegen an.

Da der Dämon jedoch in seiner menschlichen Gestalt nicht die ganze Stärke entfalten konnte, verwandelte er sich in Balthasar, um so dem Spruch der Zauberhaften zu trotzen. Er mutierte zu einem muskelbepackten, glatzköpfigen Koloss, der eine hässliche rotschwarze Fratze besaß.

Unter Aufbietung all seiner Kräfte gelang es ihm, sich an den Altar zu klammern.

Der Sog wude schwächer.

Er hatte es geschafft.

Er hatte sich der Magie der Zauberhaften widersetzt.

Brüllend vor Zorn über diesen Affront fegte er mit seinem Arm den Altar leer.

Phoebe und Prue hatten sich hinter dem umgekippten Esszimmertisch verschanzt. Sie erwarteten, dass Cole oder Balthasar jeden Moment erscheinen würde.

Der Zauberspruch war so stark, dass er bis zum entferntesten Punkt wirken musste.

Ein Staubwirbel entstand in der Mitte des Raumes.

Gleich würde der Dämon im Zimmer stehen! Phoebe hielt das Elixier bereit, um es dem Schuft entgegenzuschleudern.

Sie wollte ihm nicht die geringste Chance geben, sich zu verteidigen.

Sie musste ihn einfach vernichten.

Doch was war das?

Der Wirbel legte sich.

Die Schwestern schauten sich ungläubig an.

»Was ist passiert? Warum hat es nicht funktioniert?«, fragte Phoebe verdutzt.

Die beiden Schwestern verließen ihre Deckung und gingen verwirrt zu der Stelle, an der Balthasar hätte erscheinen sollen.

»Verdammt!«, fluchte Phoebe.

Insgeheim war Prue gar nicht unglücklich darüber, dass Phoebes Vorhaben nicht auf Anhieb geklappt hatte. Sie war nämlich nicht davon überzeugt, dass Balthasar für den seltsamen Tod des Mannes in ihrer Gegend verantwortlich war.

Außerdem gab es noch etwas Anderes, das sie zu erledigen hatten.

Sie mussten sich schleunigst um das Mädchen kümmern, das Phoebe in ihrer Vision gesehen hatte.

Prue drängte: »Vergiss es! Wir müssen das Mädchen finden, und zwar schnell! Hast du noch einen Hinweis bemerkt, der uns weiterhelfen könnte?«

Phoebe zuckte hilflos mit den Schultern: »Sie stand in einer Telefonzelle und es war spät abends. Tut mir Leid, das ist alles.«

»Okay, dann werden wir uns die Wohnung des Toten mal genauer ansehen, vielleicht finden wir da was«, ergriff Prue die Initiative.

»Was ist mit Piper?«, fragte Phoebe zaghaft.

»Die lassen wir lieber hier. Sie soll sich erst mal beruhigen!«

»Sanft und tief einatmen und langsam ausatmen«, säuselte es von der Kassette, von der Piper sich die nötige Entspannung erhoffte.

Es war verrückt! Sie schaffte es einfach nicht, ihre neue Kraft zu beherrschen.

So konnte das doch nicht weitergehen!

Vor ein paar Tagen war der Fernseher in der Küche explodiert, nur weil sie sich über irgendetwas erschreckt hatte.

Gestern hatte der geliebte Weihnachtsschmuck dran glauben müssen. Ganz zu schweigen von den anderen Kleinigkeiten ...

Ihre neue Kraft war ein teurer Spaß.

Inzwischen fielen ihr keine plausiblen Geschichten mehr ein, wie sie das alles ihrer Hausratversicherung erklären sollte.

Piper saß im Yoga-Sitz auf ihrem großen alten Bett und rollte den Kopf, um die Nackenmuskulatur zu entspannen.

»Du ruhst jetzt ganz in dir. Lass deinen Geist wandern«, klang die monotone Stimme weiter. »Du wirst eins mit dem Universum ...«

Piper bemerkte zuerst gar nicht, wie die Luft neben ihr zu glitzern begann. Einen Augenblick später hatte sich ihr frisch angetrauter Ehemann Leo auch schon materialisiert.

Piper erschrak, riss dabei die Hände hoch und kippte nach hinten über.

Die Kompaktanlage auf der Kommode vor ihrem Bett explodierte mit einem lauten Knall und fing sofort Feuer.

»Leo!«, schimpfte Piper, als sie sich wieder ein wenig

gefangen hatte. »Ich habe dir doch gesagt, du sollst anklopfen!«

Leo schaute sie vollkommen entgeistert an. »Aber ich wohne hier!«

Piper griff nach dem Feuerlöscher, den sie in letzter Zeit sicherheitshalber immer in Reichweite hatte und zielte auf die Anlage.

Ein kurzer Strahl Chemieschaum und die Flamme war erstickt.

Dann drehte sie sich mit gezückter Düse des Löschgeräts zu Leo um.

Leo wurde sichtlich nervös und hob beschwichtigend die Hände. »Ganz ruhig. Entspann dich!«

»Genau das habe ich ja gerade versucht, als du hier reingeplatzt bist. Und jetzt sieh dir das an!« Piper deutete auf die zerstörte Stereoanlage, in der auch ihre Entspannungskassette gegrillt worden war.

Leo wollte Piper in den Arm nehmen. »Entschuldige.«

Doch Piper wich zurück und hob abwehrend die Hände. »Nein, lass das! Das ist zu gefährlich. Komm mir nicht zu nahe.«

»Jetzt hör aber mal auf!«, beschwichtigte Leo.

Sie winkte ab. »Das ist mein Ernst, diese Hände sind gefährliche Waffen und ich habe sie nicht unter Kontrolle.«

Sie war verzweifelt.

Leo setzte sich zu seiner sonst so ruhigen und eher zurückhaltenden Frau aufs Bett. »Klar schaffst du das. Das dauert nur etwas. Du hast auch eine Weile gebraucht, bis du das Anhalten der Zeit beherrscht hast.«

»Das war auch einfach«, grummelte Piper.

»Na schön, aber diesmal bist du nicht allein. Ich bin bei dir«, ermutigte Leo sie.

»Ja, aber du dürftest eigentlich gar nicht in meiner Nähe sein«, wies sie Leo von sich. »Das ist viel zu gefährlich!«

»Und wie fahren wir dann in die Flitterwochen?«, fragte Leo sie mit sanfter Stimme.

»Gar nicht! Das werden wir absagen. Ganz einfach«, meinte Piper bestimmt.

»Das wäre ja noch schöner, keine Flitterwochen!«, lachte Leo.

»Dann sag dem Hohen Rat, er soll mir die Kraft wieder abnehmen. Ich bin noch nicht so weit!«

Leo lächelte sie an. »Wenn du nicht so weit wärst, dann hätten sie sie dir gar nicht erst gegeben. Das weiß ich. Dafür kenne ich sie gut genug.«

»Und wenn du dich irrst? Was ist, wenn ich jemanden verletze?«, wollte Piper wissen. »Ich fühle ... ich fühle mich so hilflos!«

Als *Wächter des Lichts* wusste Leo, wie schwer ihr die Kontrolle ihrer neuen Kraft fiel. Und als ihr Ehemann wusste er, was in ihr vorging. Er legte seinen Arm um sie und lehnte sich mit Piper zurück aufs Bett. »Dieses Gefühl wird vorbeigehen. Du bist einer der stärksten Menschen, die ich jemals kennen gelernt habe.« Leo strich ihr sanft eine Strähne aus dem Gesicht. »Und du weißt, ich habe eine Menge Erfahrung!«

»Meinst du?« Piper lächelte ihn an.

»Du schaffst es, Schatz! Wir schaffen es zusammen!« Leo streichelte ihr zärtlich über ihren Arm

Sie schmiegte sich etwas enger an ihn.

3

PRUE UND PHOEBE WAREN in Peter Millers Wohnung und schauten sich um. Sie suchten nach Dingen, die auf Dämonen hinwiesen.

»Was für Spezialisten seid ihr eigentlich?«, fragte der diensthabende Inspektor neugierig.

»Hat Inspektor Morris das nicht gesagt?«, fragte Phoebe betont gelassen zurück.

»Nein, das hat er nicht«, erwiderte der Inspektor und richtete sich auf.

Prue entdeckte etwas auf dem Boden, was ihre Aufmerksamkeit erregte. »Darf ich das anfassen?«

»Ja. Wir sind hier schon fertig«, meinte der Inspektor.

Prue hob das Fotoalbum vom Teppich auf.

»Seid ihr diese Hellseherinnen, mit denen er ab und zu zusammenarbeiten soll?«

Phoebe lachte hell auf. »Wir und Hellseherinnen? Der ist nicht schlecht!«

Sie achtete darauf, nicht unfreundlich zu klingen. Schließlich hatten sie kein Recht, sich an einem Tatort aufzuhalten und die Erwähnung von Inspektor Morris konnte sie nur begrenzt schützen.

Prue sah sich die Fotografien genauer an. »Ist das hier die Frau des Opfers?«

»Ja, sie ist vor ein paar Monaten gestorben. Die Nachbarn sagen, er ist nicht damit fertig geworden«, erklärte der Inspektor.

Phoebe ging zu ihrer Schwester rüber und schaute sich ebenfalls die Fotos an.

»Irgendwelche Verdächtigen?«, fragte Prue weiter.

»Nein, wir wissen nur, dass der Täter durch dieses Fenster hereingekommen sein muss. Niemand weiß, wie er das geschafft hat. Schließlich sind wir hier im ersten Stock«, sagte der Inspektor geheimnisvoll.

Phoebe wandte sich ihrer Schwester zu. Sie suchte eine Bestätigung dafür, dass ihr Exfreund dahinter stecken könnte. »Hast du auch die Brandspuren gesehen, an der Stelle wo die Leiche lag?«

Der Hinweis auf Coles Mordpraktiken war für Prue nicht ausreichend. »Eigentlich dürfte gar keine Leiche existieren.« Plötzlich erinnerte sie sich daran, dass sie nicht alleine im Raum waren. »Wenn wir mit unserer Vermutung richtig liegen!«

»Seid ihr Brandexperten?« Der Inspektor konnte sich keinen Reim daraus machen, welcher Behörde oder Abteilung die beiden jungen Frauen angehörten.

»Oh, nein! Sie hat sich nur für die Todesursache interessiert.« Prue deutete zu Phoebe.

Der Inspektor kratzte sich am Kopf. »Das ist wirklich komisch. Also die Gerichtsmedizin sagt, dass alle Blutgefäße ohne ersichtlichen Grund geplatzt sind.« Dann wechselte er das Thema und riet weiter: »FBI?«

Phoebe wusste, dass der Inspektor nicht locker lassen würde und ging schnurstracks auf ihn zu. »Also gut, Inspektor. Wir sind Hexen, okay?«

Phoebe tischte ihm eine Story auf, die zwar der Wahrheit entsprach, aber so unglaublich klang, dass er glauben musste, sie würden sich über ihn lustig machen, um die Behörde, für die sie arbeiteten, nicht preiszugeben. »Wir vermuten, dass es ein Dämon gewesen ist, wahrscheinlich sogar mein Exfreund. Und wenn das so ist, dann müssen wir ihn finden und vernichten. Zufrieden?«

»Sehr witzig, wirklich!« Der Inspektor blickte sie genervt an und verließ die Wohnung des Toten, weil es Wichtigeres zu erledigen gab, als sich von zwei Frauen verschaukeln zu lassen.

Prue war derweil fast das Herz stehen geblieben. »Bist

du verrückt geworden, Phoebe?« Sie konnte nicht glauben, dass ihre Schwester gerade das Geheimnis des Halliwell-Clans so leichtsinnig ausgeplaudert hatte.

»Auf jeden Fall sind wir ihn los!«, triumphierte Phoebe. Schnell wurde sie wieder ernst. »Was denkst du?«

»Eindeutig übernatürliche Todesursache. Aber war es deshalb auch Balthasar?« Prue bezweifelte immer mehr, dass tatsächlich Cole der Täter war.

Und auch auf Phoebes Gesicht spiegelten sich die ersten Zweifel.

Cole hoffte, dass wenigstens der ehrwürdige Alchimist sein Problem lösen konnte.

Er schwor sich, dass die Zauberhaften nie wieder über ihn bestimmen würden.

Schließlich wusste er nicht, ob er es auch beim nächsten Mal schaffen würde, sich gegen sie zur Wehr zu setzen.

Er wollte einfach kein Risiko mehr eingehen.

»Sie müssen etwas haben, womit sie mich vernichten können, sonst hätten sie mich nicht gerufen«, mutmaßte Cole.

»Vielleicht liebt dich die Hexe immer noch und will dich zurückhaben?« Der Alchimist schaute Cole prüfend an. »Die Menschen vergeben mitunter«, gab er zu bedenken.

»Nein, dieser Mensch nicht, da bin ich mir ganz sicher!«, lachte Cole spöttisch. »Die wird mich eher kreuzigen.«

Cole bat den Gelehrten inständig: »Ihr müsst mir helfen, Alchimist. Ich will von ihr loskommen. Endgültig! Und wenn ich ganz in meiner dämonischen Seite aufgehen will, muss ich alle meine Zweifel beseitigen, versteht Ihr?«

Der Alchimist ahnte, dass Balthasar Phoebe immer

noch liebte, und dass auch er dagegen nichts tun konnte. »Dein Blut kann ich wandeln, das müsste dich vor ihrem Vernichtungszauber schützen. Aber ich kann dich nicht gegen ihren Ruf immun machen.«

Cole wollte sich nicht eingestehen müssen, dass er Phoebe immer noch liebte. »Gut, wenn sie mich noch mal rufen, dann ...«

»Diesen Ruf meine ich nicht, Balthasar. Deine menschliche Seite wird immer anfällig sein für das, was auch die Menschen so verletzlich macht. Und kein Zauber kann daran etwas ändern!«, versuchte der Alchimist ihm begreiflich zu machen.

Doch Cole war sich absolut sicher, die Geschichte mit Phoebe abgeschlossen zu haben. Er ging auf den Alchimisten zu, streifte den Ärmel seiner schwarzen Kutte hoch und hielt ihm den nackten rechten Unterarm entgegen.

»Fangt an!«, forderte ihn Cole auf.

Der Alchimist öffnete seine Hand und der Dolch, der auf dem Altar bereit lag, flog herbei.

Er ritzte die Haut an Coles Arm auf. Dann hielt er seine Hand über die Wunde und ein bläulicher Spannungsbogen drang in die Wunde ein. Er wandelte das Blut des Dämons.

Schmerz!

Agonie!

Pein!

Das Ritual verursachte höllische Qualen, doch Cole biss die Zähne zusammen, schließlich wollte er wieder der mächtige und unbesiegbare Dämon werden, der er einmal gewesen war.

Phoebe und Prue waren wieder heimgekommen und saßen im Wohnzimmer des Halliwell-Hauses.

Phoebe suchte in dem Eintrag über Balthasar immer

noch nach Parallelen, die bewiesen, dass Cole den Mann in ihrer Nachbarschaft getötet hatte.

»Du kannst mir glauben, es ist Cole!« Phoebe war einfach nicht von ihrer Meinung abzubringen.

Prue hielt dagegen. »Nur weil du willst, dass er schuldig ist.«

»Hör zu, darum geht es gar nicht. Es geht darum, was ich gesehen habe. Es gibt immer eine Verbindung zwischen meinen Visionen und dem, was ich in genau diesem Moment berühre.«

»Sekunde, es wäre doch möglich ...« Prue kam plötzlich eine Idee und sie schlug die Seite über Balthasar um.

»Was ist, wenn du die Rückseite berührt hast?«, Prue deutete auf die Notiz. »Hier ist ein Eintrag über eine Todesfee – was auch immer das sein soll.«

Leo und Piper kamen die Treppe herunter. Sie hatten den letzten Teil des Gesprächs mit anhören können.

»Das ist ein Dämon, der von den Seelen derer lebt, die leiden«, erläuterte Leo.

»Hey, Fremde. Lange nicht gesehen!«, begrüßte Phoebe ihre Schwester.

»Ich kann mich ja nicht ewig einschließen, aber vielleicht solltet ihr doch eure Schutzanzüge holen.« Piper lächelte unsicher über ihren makaberen Scherz.

»Ich denke, wir riskieren es ohne«, gab Prue zurück.

»Ich möchte nicht, dass jemand verletzt wird.« Piper strich sich eine Strähne hinter das Ohr und beugte sich vor, um zu sehen, was ihre Schwestern gerade im *Buch der Schatten* nachgeschlagen hatten. Prue zog Piper zu sich auf die Couch.

Phoebe wandte sich an Leo, der ihnen schon des Öfteren bei der Bekämpfung von Dämonen geholfen hatte. »Was für ein Dämon ist eine Todesfee?«

»Sie sind sehr selten. Sie rufen nach ihren Opfern mit

einem ganz hohen, für Menschen nicht wahrnehmbaren Schrei«, klärte Leo sie auf.

»Und wie finden sie ihre Opfer?«, fragte Prue interessiert.

Phoebe las die Aufzeichnungen über Todesfeen im *Buch der Schatten* und beantwortete die Frage: »Also, wenn ich das richtig verstehe, dann hören sie den stummen Leidensschrei eines Menschen.« Sie schaute Leo fragend an.

»Ja, und dann töten sie, indem sie ihren Schrei aussenden«, vollendete der *Wächter des Lichts* ihre Ausführungen.

Phoebe erinnerte sich an die Verwüstungen in der Wohnung des Toten und an die Bemerkung des Inspektors über die Todesursache. »Die geplatzten Blutgefäße und das gesplitterte Glas, genau. Das würde natürlich einiges erklären.«

Prue sah Phoebe direkt an. »Also doch nicht Cole.«

Sie war froh, ihrer Schwester beweisen zu können, dass nicht ihr Ex-Freund hinter der Sache stecken musste.

»Und wie schützt man sich – mit Ohrstöpseln?«, scherzte Piper.

»Anscheinend gibt es keinen Zauberspruch«, las Phoebe weiter vor. »Nur einen, mit dem man die Spur verfolgen kann. Also Freiwillige vor. Wer macht den Spürhund?«

Die jungen Hexen schauten sich gegenseitig fragend an.

Prue, die nach dem Tod ihrer Mutter als die Älteste immer noch glaubte, ihre Schwestern vor allem und jedem beschützen zu müssen, stellte sich für den Zauber zur Verfügung. »Ich mach's.«

Die Zeit drängte.

Das Quartett ging auf den Dachboden und bereitete sofort alles für den Zauber vor.

Ein magischer Kreis aus brennenden Kerzen wurde um Prue herum gestellt.

Allein in der Mitte stehend wurde es Prue doch etwas mulmig. Schließlich wusste sie nicht, auf was sie sich da eingelassen hatte.

»Hast du dir das auch gut überlegt?«, fragte Piper sie noch einmal, als sie Prues unsicheren Blick sah.

»Ja, ich glaube ich bin von uns dreien die Einzige, die momentan einigermaßen unbelastet ist. Und was soll schon groß passieren? Das ist ein einfacher Zauber«, meinte Prue, um ihre Schwestern zu beruhigen.

Als hätte Piper eine dunkle Vorahnung, scherzte sie: »Da würde ich mich nicht drauf verlassen.«

Aber Prue wollte es hinter sich bringen. »Wie auch immer, wir müssen dem Mädchen aus Phoebes Vision helfen ... und die Zeit läuft. Also fangt an!«

»Dem Schrei, der sich an Schmerzen labt,
unhörbar schreitet er zur Tat.
Dem gilt hier unser ganzes Sinnen,
er darf uns niemals mehr entrinnen.«

Die letzte Silbe des Zauberspruchs war noch nicht verklungen, als er auch schon seine volle Wirkung entfaltete.

Mit einem Knall stieg vor ihnen eine weiße Rauchwolke aus der Mitte des magischen Kreises auf.

Erschrocken wichen Phoebe und Piper zurück.

Prue wurde von einem gleißenden Licht erfasst und verschwand aus ihrem Blickfeld.

Dieser Spruch war anscheinend doch nicht so harmlos, wie sie angenommen hatten! Voller Sorge um ihre älteste Schwester schauten sich Piper und Phoebe nach ihr um.

Doch was sie jetzt sehen mussten, übertraf sogar noch ihre schlimmsten Befürchtungen.

An der Stelle, an der zuvor Prue gestanden hatte, saß jetzt ein Husky.

Groß, weißes Fell, mit strahlend blauen Augen.

Ein Prachtexemplar.

Die Halliwells konnten nicht glauben, was da geschehen war.

Es war einfach entsetzlich.

Prue hatte sich in einen Hund verwandelt!

4

PRUE VERKRAFTETE IHRE VERWANDLUNG nicht besonders gut. Sie fürchtete, nie wieder ein Mensch zu werden. Um erst einmal mit der Situation klarzukommen, tat sie, was fast alle Hunde taten, wenn sie verunsichert sind – sie verkroch sich in die hinterste Ecke unter ihrem Bett.

Phoebe und Piper rannten ihrer Schwester hinterher.

Phoebe kniete sich so hin, dass sie den Husky sehen konnte.

Sie versuchte, ihre Schwester irgendwie unter dem Bett hervorzulocken. »Komm raus, Prue! Na los, komm schon! Wir sind doch deine Familie!« Sie seufzte. »Sei nicht traurig, Schätzchen, wir kriegen das schon wieder hin, da bin ich mir sicher!«

Piper verlor inzwischen die Nerven. Sie ging auf und ab, und gestikulierte nervös mit ihren Händen. »Wie denn, kannst du mir das vielleicht mal sagen?«, murmelte sie.

Phoebe befürchtete schon, dass Pipers neue Kraft wieder ungewollt zum Einsatz kam und aus Versehen irgendetwas in die Luft sprengte.

»Pass auf deine Hände auf!«

Dann wandte sie sich wieder Prue zu.

»Na, komm schon!« Doch auch Phoebes sanfte Stimme konnte den Hund nicht davon überzeugen, unter dem Bett vorzukriechen.

Leo, der währenddessen Erkundigungen beim Hohen Rat über die Geschehnisse eingeholt hatte, kehrte gerade zurück.

Piper sah ihn kommen und fragte sofort: »Was hast du herausgefunden? Wieso ist es komplett schief gegangen?«

»Es ist nicht schief gegangen …«, stammelte Leo unsicher.

Piper konnte nicht glauben, was er da gerade gesagt hatte. Sie deutete auf den Hund. »Hast du keine Augen im Kopf? Ist dir vielleicht nicht aufgefallen, dass meine Schwester jetzt ein Hund ist!«

Phoebe, die das Gespräch zwischen Piper und Leo verfolgt hatte, schaute kurz wieder nach Prue, die immer noch unter dem Bett war.

»Na toll! Nun hat sie Angst!«, stellte sie fest.

Bevor Piper ihn weiter beschimpfen konnte, klärte Leo das Missverständnis auf. »Du hast mich falsch verstanden. Ihr wollt mit dem Zauber jemanden aufspüren. Da Hunde offenbar den Ruf einer Todesfee hören können, hat er demnach gewirkt. Prue ist jetzt in der Lage, sie aufzuspüren.«

»Aber nur, wenn sie unter dem Bett hervorkommt«, meinte Phoebe. »Prue, Schätzchen. Willst du vielleicht die ganze Nacht da unten bleiben? Das geht doch nicht.«

Prue schaute Phoebe hilflos an und spitzte die Ohren.

Phoebe seufzte. »Okay. Du willst nicht, aber du musst. Du hast versprochen, die Unschuldigen zu beschützen und wir können das Mädchen nicht ohne dich retten.«

Das wirkte. Langsam schob sich Prue auf allen vier Pfoten nach vorne.

Es war wirklich höchste Zeit, sich auf die Suche zu machen, wenn sie das Mädchen aus Phoebes Vision noch rechtzeitig finden und retten wollten.

»Ich wusste es doch. Braves Mädchen, braves Mädchen. Du bist ein braves Mädchen«, lobte Phoebe den schönen weißen Husky.

Piper war von der Situation immer noch nicht begeistert und setzte sich neben Phoebe aufs Bett. »Na wenigstens wissen wir jetzt, dass sie versteht, was wir sagen.«

Prue schaute ihre Schwestern groß an, als wollte sie sagen: Natürlich verstehe ich euch. Nur mein Äußeres hat sich etwas verändert!

Phoebe betrachtete den Husky genau und befand: »Sie ist ein sehr hübscher Hund.«

Da musste Piper doch lächeln. »Was hast du denn erwartet?«

Piper bewunderte Prue nicht nur für ihre Selbstsicherheit, sondern auch dafür, dass sie immer blendend aussah – selbst als Hund.

»Hätte ja auch ein Dobermann werden können«, scherzte Leo, der mit Prues resoluter Art manchmal nicht ganz so zurechtkam.

Prue hörte diese Unverschämtheit und bellte ihn dafür an.

Leo wich erschrocken zurück. »Ist ja gut!«, versuchte er sie zu beschwichtigen.

»Schatz, das war gemein«, tadelte Piper den *Wächter des Lichts* spöttisch.

»Und wie machen wir aus dem Hund wieder Prue?«, wollte Phoebe von Leo wissen.

Er hob die Schultern. »Ich denke, sobald die Todesfee vernichtet ist, verwandelt sie sich von selbst wieder zurück.«

Prue spitzte die Ohren. Sie hatte irgendetwas gehört und trabte an Leo vorbei aus dem Zimmer.

»Und wenn die Fee erst nächstes Jahr wieder auftaucht, was ist dann? Kaufen wir ihr dann eine Hundehütte?«, fragte Piper unsicher.

Ihr Mann schüttelte den Kopf. »Ich glaube nicht, dass es so lange dauert. Todesfeen haben einen unstillbaren Appetit auf Leiden, und zwar jede Nacht.«

»Und was machen wir, wenn Prue sie gefunden hat? Wir haben keinen Vernichtungszauber. Wie es aussieht, haben wir ja nicht einmal die *Macht der Drei.*« Phoebe hob hilflos die Hände.

Von unten ertönte Hundegebell, der Schrei ihrer Katze Kitty und das Klirren einer Vase.

Oh, nein!

Keiner von ihnen hatte daran gedacht, dass Prue mit der Verwandlung in einen Hund auch dessen Vorlieben übernommen hatte. Vorlieben wie das Katzenjagen …

»Mein Gott! Prue!«, schrie Phoebe.

Aufgeregt rannten Piper und Phoebe die Treppe nach unten, um ihre Katze und ihre Einrichtung zu retten.

Doch es war schon zu spät.

Bei der wilden Verfolgungsjagd von Hund und Katz quer durch Wohnzimmer, Küche und Esszimmer war bereits einiges zu Bruch gegangen. Stehlampen, Stühle und eine Zimmerpflanze waren umgefallen und eine Vase zerbrochen.

Kreischend rannte Kitty die Treppe hoch, um sich in Sicherheit zu bringen.

Piper rannte der Hündin entgegen, stellte sich ihr in den Weg und befahl mit erhobenem Zeigefinger: »Schluss damit, Prue! Lass sie in Ruhe!«

Da das Tier jedoch nicht hören wollte und Katzenjagen so viel Spaß machte, musste Piper den Hund am Kopf packen. »Nein! Nein! Nein! Das darfst du nicht machen. Böse, böse, böse Prue.«

Prue wollte erst einmal die Machtverhältnisse klären und knurrte ihre Schwester drohend an.

Doch erstaunlicherweise bestand die sonst recht schüchterne Piper die Prüfung. »Du bist wohl verrückt geworden. Lass das!«

Mit einem festen Blick und eisernem Griff legte sie die Hackordnung fest – in der gegenwärtigen Situation waren die menschlich gebliebenen Halliwell-Schwestern eindeutig stärker und vierbeinige Familienmitglieder mussten parieren.

Leo schien keine guten Erfahrungen mit Hunden gemacht zu haben. Er schaute argwöhnisch und versuchte, sich aus dem Staub zu machen. »Ich glaube, ich frage mal den Hohen Rat, wie man die Todesfee vernichten kann.«

Phoebe durchschaute ihren Schwager und konnte sich die Häme nicht verkneifen. »Jetzt sag nicht, dass du Angst vor Prue hast.«

»Doch«, antwortete Leo zerknirscht.

Inzwischen hatte Prue aufgegeben und saß still neben Piper auf der Treppe.

»Moment mal, Leo. Was ist, wenn wir auf die Todesfee stoßen, während du weg bist?«, fragte sie, um ihren Mann aufzuhalten.

»Den letzten Dämon hast du doch auch allein geschafft«, antwortete er seelenruhig. »Du musst dich nur entspannen«, riet er ihr und verschwand im selben Augenblick.

So wie er es gerne tat, wenn es heikel wurde.

Piper seufzte. Leo hatte ihren wunden Punkt getroffen. Abgesehen davon, dass sie eine Kraft besaß, die sie nicht kontrollieren konnte, war sie es leid, dauernd die klugen Sprüche zu hören. »Wenn ich noch einmal höre, dass ich mich entspannen soll, explodiere ich!«

Sie schaute bei diesen Worten dem Hund in die Augen, als wolle sie es ihm erklären. Sie konnte ja nicht wissen, ob Prue als Hund ihre Überlegungen auch verstand.

Doch die verwandelte Halliwell-Schwester schien die Gefahr, die von Pipers unkontrollierbarer Kraft ausging, durchaus wahrzunehmen. Sie trollte sich in Richtung Haustür.

Überrascht schauten sich Phoebe und Piper an.

Hatte ihre Schwester die Todesfee etwa schon aufgespürt?

Phoebe und Piper eilten hinterher.

»Was hast du? Was hast du Prue? Was ist denn los?«, rief Phoebe dem Hund hinterher.

Prue kratzte an der Tür und zeigte an, dass sie hinaus wollte.

»Vielleicht hat Prue ihren Ruf gehört«, vermutete Piper.

Phoebe öffnete die Haustür und Prue stürmte nach draußen.

Die beiden schnappten sich ihre Jacken und liefen der Hündin hinterher.

Sie wussten zwar immer noch nicht, wie sie die Todesfee erledigen sollten, aber das würden sie schon irgendwie schaffen.

5

PHOEBE UND PIPER WAREN FIX UND FERTIG.

Sie waren der Hündin eine Weile hinterhergelaufen.

Nun standen sie mitten in der Nacht vor irgendeinem Busch und sahen sich ratlos an. »Es ist schlimmer, als ich dachte«, jammerte Phoebe.

»Ich hätte niemals für möglich gehalten, dass uns so etwas passieren könnte«, meinte auch Piper.

»So geht das nicht weiter«, erklärte Phoebe. »Nochmal Stein, Papier, Schere!«

»Du hast doch schon verloren«, erinnerte sie Piper

»Zwei Runden, ja?« Phoebe hüpfte wie ein kleines Mädchen, das um etwas bettelte.

Doch Piper gab nicht nach und überreichte ihr die zusammengefaltete Plastiktüte.

Phoebe nahm sie nur widerwillig entgegen.

Inzwischen hatte der Hund sein Geschäft erledigt und kam hinter dem Busch vor.

Die Schwestern hatten Prue zumindest den Rücken zugedreht, schließlich war es für sie auch peinlich.

Phoebe ergriff die Tüte und machte sich auf, die Spuren des Hundes zu entsorgen. »Das ist so demütigend.«

Prue schaute sie mit großen Augen an und senkte beschämt den Kopf.

Es war gar nicht in Worte zu fassen, wie peinlich ihr das Ganze war.

Doch halt, was war das?

Prue spitzte die Ohren.

Einige Hunde in der Gegend schlugen an.

Prue horchte auf.

Jetzt hörte sie es auch.

Sie fing an zu bellen.

Sie hoffte sehr, dass ihre beiden Schwestern kapierten, was sie ihnen sagen wollte, und rannte los.

»Phoebe, glaubst du, was ich glaube?«, fragte Piper.

Phoebe nickte. Die Schwestern hatten genug Lassie-Filme gesehen, um zu wissen, dass sie dem Hund jetzt folgen mussten.

Phoebe warf den Plastikbeutel erleichtert weg und lief hinter dem Husky her. »Das ist die Rettung! Los komm schon, Piper!«

Amanda weinte bitterlich.

Das junge Mädchen stand in einer dunklen Gasse in einer Telefonzelle.

Sie rief zu Hause an und hoffte inständig, dass ihre Eltern ans Telefon gingen.

Endlich nahm jemand ab. »Mom? Gott sei Dank!«

Der Teenager schluchzte heftig. »Es tut mir Leid, ich hätte nicht weglaufen dürfen. Sei mir bitte nicht böse«, flehte sie ihre Mutter an.

Ihre Mutter war froh, ein Lebenszeichen von ihrer Tochter zu hören und wollte wissen, wo sie war.

»Ich weiß nicht. Ich bin in San Francisco.«

Amanda fühlte sich so allein und schutzlos.

Wie hatte sie nur so dumm sein können?

Ein Geräusch.

Amanda schaute sich um.

Es war nichts zu sehen.

Doch ihr war, als würde sie jemand beobachten.

In diesem Augenblick sprang die Todesfee auf einen der umstehenden Container und ließ ihren schrecklichen Schrei ertönen. Die weißhaarige Gestalt in den Lumpenklamotten war ein entsetzlicher Anblick.

Amanda zitterte vor Angst und ließ den Telefonhörer fallen.

Der stechende Blick der Todesfee fixierte sein Opfer.

Doch da war auch schon der weiße Husky zur Stelle. Ohne zu zögern griff er den Dämon an. Sein schlanker Körper schoss durch die Luft und schleuderte die Todesfee auf den Container.

Die Satansdienerin rappelte sich hoch, ergriff den Hund und fegte ihn beiseite.

Prue schlug auf dem Boden auf und blieb benommen liegen.

In diesem Moment erreichten die Halliwell-Schwestern den Ort des Geschehens.

Piper rannte sofort zu dem Mädchen und zog sie aus der Telefonzelle.

»Keine Angst, wir helfen dir. Los, lauf weg. Komm schon«, forderte sie das Mädchen auf.

Prue war wieder zu Bewusstsein gekommen und bellte die Todesfee zähnefletschend an.

Wenn sie doch nur ihre telekinetischen Kräfte einsetzen könnte, wie sonst auch! Sie konnte momentan nur kratzen, bellen und beißen.

Der Dämon wandte sich Phoebe zu und stürzte sich auf sie. Aber Phoebe fing die Todesfee im Sprung ab, riss sie mit nach unten und schleuderte sie von sich.

Sofort eilte Piper ihrer Schwester zur Hilfe, doch die Todesfee gab ihr einen Kinnhaken, sodass sie rücklings gegen ein paar Kisten flog.

Verdammt, für eine alte Schachtel war die Todesfee gut in Form!

Seltsam jedoch war, dass die Teufelsdienerin kaum auf Piper achtete. Wie gebannt hing ihr Blick an Phoebe.

Die Fee war im Moment ohne Deckung.

»Piper, jetzt!«, rief Phoebe ihr zu.

Piper hob sofort die Arme, zielte ... und traf einen Abfallcontainer, der in einem hohen Bogen in die Luft sprang.

Die Todesfee schien vorerst genug zu haben und jagte mit riesigen Sprüngen davon.

Augenblicklich hatte Prue die Verfolgung aufgenommen.

Es ging durch verschiedene Vorgärten und über diverse Einfahrten.

Der Dämon machte einen gewaltigen Satz über eine befahrene Straße und Prue rannte ohne zu zögern hinter ihr her.

Als sie das Auto auf sich zukommen sah, war es bereits zu spät.

Es gab einen dumpfen Knall.

Randy Cramer blieb fast das Herz stehen.

Er stieg sofort aus seinem Jeep und sah nach dem schönen weißen Husky, den er gerade angefahren hatte.

Wie hatte ihm so etwas passieren können? Gerade ihm, der doch Hunde so sehr liebte.

Er kniete sich nieder und hielt behutsam den Kopf des Tieres.

»Oh nein! Das wollte ich nicht. Bleib ganz ruhig liegen. Ganz ruhig liegen bleiben. Hörst du? Sei ganz brav.«

Er musste die Hündin so schnell wie möglich zum Tierarzt bringen! »Kann mir mal jemand helfen?«, rief er verzweifelt.

Doch es war Nacht und es war dunkel. Falls ihn jemand hörte, würde dieser jemand sich sicher nicht aus dem Haus wagen.

»Wir kriegen dich schon wieder hin. Ganz ruhig«, flüsterte er leise.

Randy hatte Angst, dass ihm die Hündin wegstarb.

6

Phoebe und Piper waren Prue und der Todesfee hinterhergerannt, doch mit der Geschwindigkeit der beiden hatten sie einfach nicht Schritt halten können.

Sie suchten die ganze Gegend nach ihrer Schwester ab, aber sie blieb verschwunden. Nach einer Weile gaben sie auf und kehrten zum Halliwell-Anwesen zurück.

Wieder zu Hause angekommen, rief Phoebe sofort bei Inspektor Daryl Morris an.

Er wusste Bescheid über ihr kleines Geheimnis und hatte ihnen schon oft geholfen.

»Nein Daryl, ich weiß, dass du keine Fahndungsmeldung nach einem Hund rausgeben kannst. Aber könntest du nicht die anderen Cops bitten, sich nach ihr umzuschauen?«, schlug sie vor.

Daryl konnte ihr nichts versprechen, aber er kannte ein paar Kollegen, die er um Hilfe bitten würde.

»Das wäre phantastisch. Rufe Pipers Handy an, wenn du was hörst. Bis dann«, verabschiedete sich Phoebe.

Piper hatte das Telefonbuch auf den Küchentisch gelegt und suchte die Telefonnummern sämtlicher Tierheime in der Umgebung heraus.

»Denkst du wirklich, dass die Tierheime jetzt noch geöffnet haben?«, fragte Phoebe verwundert.

»Ich muss irgendetwas tun. Sonst werde ich noch verrückt. Ich mache mir große Sorgen«, erklärte Piper.

»Keine Angst. Prue wird schon wiederkommen. Und die Todesfee kriegen wir auch«, versuchte Phoebe ihre Schwester zu beruhigen.

Dann ging sie erst einmal zum Kühlschrank und holte sich eine Flasche Wasser. »Jedenfalls ist das Mädchen gerettet!«, sagte sie erleichtert.

»Ja. Und jetzt müssen wir dich retten.« Piper schaute Phoebe ernst an.

»Wovon sprichst du?«, fragte Phoebe verunsichert.

»Hast du nicht bemerkt, dass sich die Todesfee plötzlich auf dich konzentriert hat? Sie wollte dich umbringen.«

»Und?«

»Wir wissen, dass sie Menschen sucht, die übermäßig leiden.« Piper sah ihr tief in die Augen.

Obwohl Piper Recht hatte, versuchte Phoebe ihren Schmerz immer noch zu überspielen. »Aber das ist doch lächerlich«, wich sie ihrer älteren Schwester aus.

Piper ließ nicht locker. »Glaubst du, du bist die Einzige, die sich an einem Dämon die Finger verbrannt hat? Ich weiß, wie weh das tut. Ich weiß ziemlich genau, wie es dir gerade geht.«

Beschämt senkte Phoebe den Blick.

»Aber du willst es nicht wahrhaben«, fuhr Piper fort.

Phoebe wollte sich auf diese Diskussion nicht einlassen. »Okay. Ende dieser Psychologiestunde. Ich muss mich um einen Dämon kümmern und den habe ich nicht geliebt.«

Sie schnappte sich ihre Wasserflasche und machte sich auf den Weg nach oben.

»Einen Moment. Wo willst du hin?«

»Ich will das *Buch der Schatten* holen. Ich werde diesen Suchzauberspruch ausprobieren«, erklärte Phoebe.

»Was soll das heißen? Willst du dich auch in einen Hund verwandeln lassen?«

»Fällt dir etwas Besseres ein?«, wollte Phoebe wissen.

»Nein. Aber ...« Piper hob abwehrend und resignierend zugleich die Hand.

Mit Phoebe war nicht zu diskutieren. »Dann bereite alles vor, während ich das Buch hole!«

Sie drehte sich um und ging nach oben.

Phoebe betrat den Dachboden und ging schnurstracks auf das *Buch der Schatten* zu, das auf dem Podest lag.

Sie blätterte es durch, auf der Suche nach dem Eintrag über die Todesfee.

Dabei schlug sie die Seite über Cole auf.

Sie schluckte heftig.

Cole!

Oh Cole!

Warum nur?

Warum hatte er ihr das angetan?

Phoebe konnte sich nicht mehr zurückhalten.

Endlich ließ sie ihren Tränen freien Lauf.

Piper ging nervös in der Diele auf und ab und telefonierte nochmals mit der Polizei.

»Nein. Die Tierheime sind schon geschlossen. Das ist ein Notfall, Officer.«

Der Polizeibeamte war nicht gerade hilfsbereit.

»Und wo werden sie hingebracht um diese Zeit?«, fragte Piper erneut nach.

Von dem Polizisten war keine Information zu bekommen.

Völlig entnervt beendete sie das Gespräch.

In diesem Moment materialisierte sich Leo hinter ihr.

Sie drehte sich zu ihm um und erklärte, was los war. »Wir suchen Prue!«

»Wieso?« Von dem, was in der Zwischenzeit passiert war, hatte er während seines Aufenthaltes beim Hohen Rat nichts mitbekommen.

»Sie hat die Todesfee angegriffen und ist ihr dann auch noch hinterhergelaufen«, berichtete Piper entnervt.

»Was? Ihr seid ihr begegnet und euch ist nichts passiert?«, fragte Leo verblüfft.

Piper runzelte die Stirn.

»Nein. Wieso?«, wollte sie wissen.

»Weil man sagt, Todesfeen seien ehemalige Hexen.«

»Und?«, fragte Piper verwirrt.

»Ihr Schrei wird euch nicht töten, aber er wird euch in eine Todesfee verwandeln.«

Phoebe hatte sich auf den alten Sessel neben dem Beistelltischchen auf dem Dachboden gesetzt. Zärtlich strich sie über das Foto ihres gut aussehenden Exfreundes.

Sie schluchzte heftig.

Sie wurde mit der Trennung einfach nicht fertig.

Plötzlich zitterten die Kristallschalen um sie herum.

Phoebe ahnte, dass etwas nicht stimmte und rief nach ihrer älteren Schwester. »Piper?«

Piper und Leo hörten den Hilferuf und stürmten sofort die Treppen zum Dachboden hinauf.

Das Beben wurde immer stärker.

Klirrend zerbarsten die Vasen und Schalen von ihrer Oma in tausend Stücke.

Peng!

Mit einem lauten Knall explodierten die Fensterscheiben.

Phoebe wurde von der Druckwelle zu Boden gerissen.

Eine dunkle Gestalt erschien auf der Bildfläche.

Die Todesfee!

Und sie hatte ihr Opfer gefunden.

Sie sprang durch eines der zerstörten Fenster direkt auf Phoebe zu. Dann richtete sie sich auf und ließ ihren markerschütternden Schrei hören.

Doch auf einmal hielt sie inne und schaute Phoebe verächtlich an.

Die junge Hexe sah angsterfüllt in das schaurige Antlitz der Todesfee.

In diesem Augenblick kamen Piper und Leo durch die Tür des Dachbodens gestürmt.

Die Todesfee bemerkte die Eindringlinge und griff sofort an.

Ohne nachzudenken riss Piper die Hände hoch und ... die Todesfee explodierte.

Mit einem Feuerwerk zerplatzte das teuflische Geschöpf, ohne dass ein Staubkrümel übrig geblieben wäre.

Es hatte endlich funktioniert!

Piper konnte es gar nicht glauben.

Sie hatte ihre neue Kraft zum ersten Mal gezielt eingesetzt.

Der Dämon war vernichtet! Leo beugte sich zu Phoebe hinunter.

»Alles in Ordnung?«, fragte er sie besorgt.

Phoebe rührte sich nicht mehr.

Leos Augen weiteten sich vor Schreck.

Nein!

Das durfte nicht geschehen!

Genau davor hatte ihn der Hohe Rat gewarnt!

Doch es war nicht mehr aufzuhalten.

Phoebe verwandelte sich vor ihren Augen in eine Todesfee! Ihre Augen schienen sich tief in die Höhlen zurückzuziehen, ihre wunderschönen kastanienbraunen Haare wurden bleich.

Sie stand auf und bewegte sich mit starrem Blick auf Piper und Leo zu. Die beiden waren zu entsetzt, um überhaupt zu reagieren.

Ohne Vorwarnung griff Phoebe an und schleuderte das Ehepaar von sich.

Noch bevor sie sich wieder aufrappeln konnten, war die Todesfee auch schon durch das zerborstene Fenster hinausgesprungen.

Phoebe verschwand im Dunkel der Nacht.

Nur ihr grausamer Schrei ertönte noch einmal.

Leo richtete sich stöhnend wieder auf. Er war es einfach nicht gewohnt zu kämpfen.

Piper stand völlig entnervt inmitten des Chaos, das die Todesfee auf dem Dachboden angerichtet hatte.

»Alles in Ordnung?«, fragte Leo.

Die junge Frau stemmte die Hände in die Hüfte und versuchte, nicht die Fassung zu verlieren. »Lass mich nachdenken. Prue ist ein Hund, und Phoebe ist eine Todesfee. Ich würde nicht sagen, dass alles in Ordnung ist!«, knurrte sie. »Wie konnte das bloß passieren? Was mache ich denn jetzt? Du hättest mir auch früher erzählen können, dass sich Hexen in Todesfeen verwandeln können.«

»Versuch dich erst mal zu entspannen!«

Jetzt fuhr Piper völlig aus der Haut. »Hör mit diesem Spruch auf!«

Peng!

Die alte Nähmaschine in der Ecke ging in die Luft.

»Oh nein! Das war Großmutters Nähmaschine!«, seufzte sie.

Es war einfach zum Heulen.

»Verlier nicht die Nerven. Dafür ist keine Zeit!«, versuchte Leo sie zur Räson zu bringen.

»Das ist aber schade. Weil ich nämlich die Nerven verlieren will!«, fuhr sie den *Wächter des Lichts* an.

Aber diesmal blieb alles heil.

»Wir müssen Phoebe zurückholen, bevor sie jemanden tötet!«, drängte Leo. »Nur ein Mord und sie bleibt für immer eine Todesfee!«

»Hast du noch mehr schlechte Nachrichten auf Lager?«, fauchte Piper ihn an und packte ihn am Kragen seiner Jacke.

»Wir müssen Phoebe finden!« Leo ließ sich nicht beirren.

»Wie denn, ich sagte doch: Prue ist verschwunden!« Piper war außer sich.

»Dir wird sicher irgendetwas einfallen.« Leo gab immer noch nicht auf.

»Nein, das glaube ich nicht. Weißt du, Prue und Phoebe sind die Superhexen. Ich laufe einfach nur hinterher und lasse alles erstarren. Und selbst das kann ich nicht mehr«, giftete sie weiter.

Er packte sie fest an den Armen. »Nein, das ist nicht wahr! Sie sind nicht stärker als du.«

Er hatte seiner Frau immer beigestanden und kannte sie lange genug, um zu wissen, dass sie sich ihren Schwestern immer unterlegen fühlte.

»Allein schaffe ich das nicht!«, rief Piper verzweifelt.

»Du bist nicht alleine. Wir sind Partner, verstehst du das nicht?« Leo wurde laut. Er wusste einfach nicht mehr, wie er sie sonst zur Vernunft bringen sollte.

Piper kam langsam wieder zu sich und nahm ihren Mann in den Arm. »Tut mir Leid, es ist nur ... wenn ihnen was passiert, dann ...«

»Es wird ihnen nichts passieren! Wir werden das nicht zulassen.« Leo streichelte ihr sanft den Rücken.

»Wo sollen wir nur anfangen?«, fragte sie resigniert.

»Du solltest erst mal tief durchatmen. Das hörst du auf deiner Kassette doch auch immer.«

Piper löste sich aus der Umarmung und schaute ihn grimmig an.

»Leo! Ich will nichts ...«

Leo hob sachte die Hand und strich ihr über die Augen.

»Schließ deine Augen. Hör auf zu denken. Hör in dich hinein. Die Antwort ist da«, sagte er sanft.

Es wirkte.

Piper entspannte sich und atmete tief ein.

Auf einmal hatte sie tatsächlich eine Idee.

Sie öffnete die Augen wieder und blickte ihren Mann erstaunt an.

»Ja! Das könnte gehen.«

Piper eilte nach unten.

7

PRUE ERWACHTE LANGSAM.

Sie war noch ganz benommen.

Vorsichtig schaute sie sich um.

Die Erinnerung kam nach und nach zurück.

Sie war durch einen Zauber in einen Hund verwandelt worden! Sie hatte die Todesfee verfolgt und das Letzte, an das sie sich erinnern konnte, waren die Scheinwerfer des Wagens und ein höllischer Schmerz in der Hüfte.

Randy Cramer hatte sie in seine Wohnung mitgenommen und auf die Couch gelegt.

Er lief in seiner Wohnküche auf und ab und telefonierte gerade mit einem Freund, der ihn zu einem Wochenendausflug in die Berge überreden wollte.

»Machst du Witze? Natürlich würde ich gerne mitkommen. Aber der Tierarzt sagte, jemand müsse bei dem Hund bleiben.«

Prue sah die Profikamera mit dem großen Objektiv, die Randy in der Hand hielt, und dachte bei sich: Mist, jetzt lerne ich endlich mal einen interessanten Mann kennen, der auch noch gerne fotografiert und ... ich bin ein Hund.

Es war wirklich zum Verzweifeln!

Randys Bekannter versuchte ihn immer noch zu überreden, den Hund einfach ins Tierheim zu bringen.

Doch das kam gar nicht in Frage.

»Na schön. Dann habe ich eben eine Schwäche für Hunde. Er hat keine Hundemarke. Ich sollte mal einen gepfefferten Artikel über verantwortungslose Hundehalter schreiben.«

Prue glaubte ihren Ohren nicht zu trauen: Ein verantwortungsbewusster, gut aussehender Journalist, der gerne fotografierte und auch noch Tiere mochte! Den musste sie näher kennen lernen, wenn das hier vorüber war!

Randy bemerkte, dass die Hündin wach war.

»Warte mal. Ich muss Schluss machen«, beendete er das Telefongespräch und ging zum Sofa.

Prue wollte sich aufrichten.

Randy setzte sich zu der Hündin, nahm ihren Kopf in seine Hände und streichelte sie.

»Was hast du denn vor? Du sollst dich doch ausruhen.«

Doch der Husky wollte unbedingt aufstehen.

»Nein, nein. Ganz brav sein.« Er hielt sie sanft aber bestimmt zurück.

»Du hast ganz schön was abgekriegt«, meinte er. Der Journalist legte ihren Kopf auf seinen Schoß und kraulte ihn.

»Das gefällt dir, was?«

Er konnte sich gar nicht vorstellen, wie Prue das gefiel!

Felicitas hatte Angst.

Sie hatte sich nach ihrer Spätschicht mit ihrem Freund auf dem Parkplatz des Restaurants verabredet. Aber sie sah ihn nirgends.

Die Todesfee witterte ihre Verzweiflung und lauerte hinter den parkenden Autos, um sich auf ihr Opfer zu stürzen.

Was war das für ein Geräusch?

Die junge Kellnerin sah sich erschrocken um.

Sie bekam Angst und lief los.

Die Todesfee folgte ihr.

In diesem Moment sah Felicitas ihren Freund.

»Raoul! Gott sei Dank!«, seufzte sie erleichtert und eilte zu ihm. »Ich hatte schon gedacht, du wolltest mich versetzen.« Der charmante Lateinamerikaner schloss sie in seine Arme.

Die Todesfee, die einmal Phoebe Halliwell gewesen

war, knurrte wütend. Sie musste sich wieder auf die Suche nach einem neuen Opfer machen.

Randy saß mit dem Husky auf der Couch. Er hatte seinen Arm um die Hündin gelegt und streichelte sie.

Prue konnte es einfach nicht fassen: Sie lag neben diesem umwerfenden Mann auf der Couch, und sie konnte nichts außer bellen und mit dem Schwanz wedeln.

Klasse! Das war Ironie des Schicksals.

Konnte sie die guten Männer nicht auf normalem Wege kennen lernen?

In diesem Augenblick hörte Prue den Schrei der Todesfee.

Oh nein! Musste das unbedingt jetzt sein? Es war gerade so schön.

Aufgeregt rannte Prue zur Türe und bellte.

»Ruhig! Du weckst ja die Nachbarn.«

Hallo! Das ist ein Notfall.

Nun mach endlich die Türe auf!

Prue bemerkte, wie schwierig es für Hunde war, sich verständlich zu machen. Bei Lassie war es nie ein Problem, aber in der wirklichen Welt konnten die Menschen ein Wuff nicht von einem Wau unterscheiden.

»Okay, du willst raus. In Ordnung.« Randy hatte endlich kapiert, was sie von ihm wollte und ging zu ihr.

»Wir gehen gleich. Sitz!«

Randy öffnete schon mal die Tür, ging aber noch einmal zurück, um seine Jacke zu holen.

Doch Prue hatte es eilig.

Es galt, einen Unschuldigen zu beschützen. Sie konnte nicht warten.

Abgesehen davon, wollte sie Randy den Anblick eines Dämons lieber ersparen.

Piper hatte das schwere Zauberbuch unter dem Arm und lief die Holztreppe des alten viktorianischen Hauses ins Erdgeschoss hinunter. Leo folgte ihr und redete auf sie ein.

»Piper, jetzt denk doch mal nach!«

»Hast du nicht vorhin gesagt, ich soll nicht denken?«, gab Piper zurück.

»Das war, bevor ich wusste, dass du Cole herbeirufen willst.«

»Glaub mir, das war auch nicht meine erste Idee.« Piper ließ sich einfach nicht von ihrem Vorhaben abbringen.

»Was war denn deine erste Idee?« Alles war in Leos Augen besser, als diesen Dämon herzuholen.

»Vergiss es. Die war zu schlecht«, wehrte sie ab.

»Als Cole das letzte Mal hier war, hat er eine Hexe umgebracht!«, erinnerte Leo sie.

Piper hielt ihm das Vernichtungselixier für den Dämonen Balthasar entgegen. »Dafür habe ich das hier.«

»Und wenn es überhaupt nicht wirkt und er uns angreift?«, gab Leo zu bedenken.

»Dann lasse ich ihn erstarren.« Die junge Frau öffnete die Schiebetüre zum Esszimmer.

»Ich dachte, das funktioniert nicht mehr richtig?«

»Okay, dann lasse ich ihn explodieren.« Piper zuckte mit den Schultern und legte das Buch auf den Tisch.

»Was ist, wenn er uns zuerst explodieren lässt?« Leo wollte am liebsten jedem Kampf aus dem Weg gehen. Er war ein Wesen des Lichts, Friedfertigkeit war seine Natur.

»Na und? Was soll's? Du bist doch schon lange tot.«

»Aber du nicht! Du sollst mir ja nicht alles nachmachen.« Aber Leo konnte sie nicht aufhalten.

Piper fand es ja schön, dass sich ihr Mann sorgte, aber sie musste handeln, wenn sie ihre Schwestern wieder haben wollte.

»Wir haben keine Alternative.« Sie schaute den *Wäch-*

ter des Lichts ernst an und versuchte, ihm ihre Entscheidung zu erklären. »Phoebe leidet und deshalb war sie ein Opfer. Die Todesfee hat das gespürt. Cole ist die Ursache für ihren Schmerz. Und wenn wir ihn dazu bringen können, sie zu suchen und diesen Schmerz von ihr zu nehmen, dann bekommen wir sie vielleicht wieder zurück.«

Leo traute Cole nicht über den Weg. »Denkst du wirklich, er hilft uns?«

Piper wurde sentimental. »Solche Gefühle verschwinden nicht einfach.«

Sie legte den Kopf zur Seite und stupste ihren Mann lächelnd in den Bauch. »Das solltest du wissen.«

Nun musste auch Leo grinsen.

Piper schlug die Seite mit dem Zauberspruch auf, mit dem sie Cole herbeirufen wollte.

»Magische Kräfte ob schwarz oder weiß,
die ihr wirkt durch den Raum des Erdenkreis',
ob nah er ist, ob fern von hier,
bringt uns den Dämon Balthasar zur Zier.«

Leo sah sich unsicher um, während Piper den alten Spruch rezitierte.

Ein Staubwirbel entstand in der Mitte des Raumes. Leo hielt sich die Hand vor Augen. Piper blieb ganz ruhig.

Mit einem Zischen erschien Cole vor ihnen. Er lächelte kühl und sagte: »Zu Diensten!«

Dann drehte sich der Dämon verblüfft herum. »Piper? Ich hatte eher Phoebe erwartet.«

»Nein. Phoebe ist in eine Todesfee verwandelt worden«, erklärte sie.

Er ging langsam auf sie zu und sah ihr dabei süffisant grinsend in die Augen. »Phoebe als Todesfee? Das ist ja interessant.«

»Das ist nur passiert, weil sie deinetwegen so leidet. Aber ich glaube, du kannst sie zurückverwandeln.«

Cole schüttelte ablehnend den Kopf. »Keine guten Taten mehr. Tut mir Leid.«

»Nicht einmal mal für jemanden, den du liebst?«, appellierte sie an seinen ehemals guten Kern.

»Vergangen und vorbei!« Cole bewegte sich weiter auf Piper zu.

Der *Wächter des Lichts*, der neben der jungen Hexe stand, sah den Ex-Freund seiner Schwägerin skeptisch an.

»Ich denke, das reicht«, sagte Leo zu Piper. Ihm wurde die Situation langsam zu brenzlig.

Piper schaute ihren Mann aus dem Augenwinkel an und bedeutete ihm, noch einen Moment zu warten.

Sie machte sich bereit, das Zauberelixier, das sie hinter ihrem Rücken hielt, dem Dämon ins Gesicht zu schleudern.

»Eine Liebe wie die eure kann doch nicht einfach verschwinden!«, ließ Piper nicht locker.

»Doch. Sie verschwindet in dem Moment, wenn einer den anderen aufgibt. Und Phoebe hat das getan.« Coles Blick war eiskalt.

»Cole! Ich bitte dich, uns zu helfen. Wir haben dir schließlich auch geholfen.«

»Ihr wolltet mich doch schon einmal herbeirufen – auch um mir zu helfen?«, fragte er spöttisch. »Oder wolltet ihr mich vernichten?«

Er kam immer näher!

Leo hielt die Spannung einfach nicht mehr aus.

»Piper, die Tinktur«, raunte er ihr zu.

Cole sah sie herausfordernd an.

Doch Piper behielt die Nerven. »Phoebe liebt dich, Cole. Und ich weiß, dass du sie auch liebst. Ich bitte dich nur, sie zu finden und es ihr zu sagen«, versuchte sie es.

»Die Tür ist zu, Piper.« Coles Nähe wurde allmählich bedrohlich. »Nicht nur in dieser Hinsicht.«

»Jetzt mach schon!«, drängte Leo sie.

»Du hast Recht.«

Piper hob demonstrativ das Fläschchen mit dem Zauberelixier vor Coles Nase. »Die Tür ist zu!«, sagte sie und warf die Tinktur vor ihn auf den Boden.

Mit einem Zischen verwandelte sich das Elixier in ein für den Dämon tödliches Gas.

Cole verzog erschrocken das Gesicht.

Doch nichts geschah.

Wie konnte das sein?

»Hilfe!«, rief Cole gekünstelt und konnte sich das Grinsen dabei kaum verkneifen.

Piper konnte es nicht glauben.

Ihre einzige Waffe gegen Balthasar hatte versagt!

»Überraschung!« Hämisch lachte der Dämon die beiden aus.

Lässig wehte er den Rauch beiseite.

»Wieso ...?«, fragte die Hexe ungläubig.

»Dachtest du wirklich, ich komme ohne magischen Schutz hierher?« Cole hob spöttisch eine Augenbraue. »Die Frage ist nur, hast du für dich auch einen magischen Schutz?«

Das ging Leo dann doch zu weit und er trat Cole entgegen.

»Droh ihr nicht!«

Cole war von Leos Ritterlichkeit nicht beeindruckt. »Ich schlage vor, du kümmerst dich um deine Angelegenheiten. Sonst wird es nur noch schlimmer.«

Piper funkelte den Dämon böse an.

In diesem Moment wurden sie durch das Bellen eines Hundes an der Verandatür abgelenkt.

Es war Prue.

Aufgeregt kam sie hereingelaufen.

»Prue?«, begrüßte Piper ihre Schwester. Sie war zwar etwas überrascht, aber heilfroh, sie zu sehen.

Prue konnte nicht fassen, was sie da sah.

Doch darum ging es in diesem Moment nicht.

Sie war aus einem anderen Grund gekommen.

Aufgeregt bellte sie ihre Verwandten an.

»Prue?« Cole hatte ja mit vielem gerechnet, nur nicht damit, Prue als Hund zu sehen – auch wenn er der Meinung war, dass sie manchmal etwas arg bissig war.

Doch dann erfuhren sie, warum Prue so aufgebracht war.

Um sie herum fing alles an zu beben.

»Was geht hier vor?«, fragte Cole beunruhigt.

»Phoebe kommt nach Hause.« Piper schaute sich verängstigt um.

Der Husky bellte immer lauter.

Glasvasen zersprangen.

Die Fenster explodierten mit einem lauten Knall.

Millionen von Glassplittern flogen durch den Raum.

Schützend legte Leo seinen Arm um Piper.

Die Todesfee sprang durch eine der zerstörten Fensterscheiben.

Sie stürzte sich direkt auf Cole und riss ihn zu Boden.

Langsam ging den Beteiligten ein Licht auf.

Coles Schmerz über ihre Trennung hatte sie angelockt!

Doch als sie ihn jetzt so hilflos sah, mischte sich Phoebes Appetit auf Leid mit unsagbarer Wut.

Sie bäumte sich auf und ließ ihren grausigen Schrei erklingen.

Cole wand sich vor Qualen.

Er konnte nicht anders – wenn er nicht getötet werden wollte, musste er sich in Balthasar verwandeln!

Binnen weniger Sekunden wurde aus dem gut aussehenden, dunkelhaarigen Staatsanwalt Cole Turner der glatzköpfige, rotgesichtige Dämon Balthasar.

Prue, Piper und Leo mussten ohnmächtig mit ansehen, wie er ihre Schwester packte und mit ihr verschwand.

Leo hatte sich auf einen der Hocker gesetzt und streichelte Prues Kopf. »Denkst du, es geht ihr gut?«, fragte er besorgt.

»Nein. So oder so sieht es für Phoebe schlecht aus.«

Piper hatte sich ihre Jacke übergezogen, da die kalte Nachtluft durch die zerborstenen Scheiben hineinwehte.

Leo schüttelte langsam den Kopf. »Ich meinte Prue. Sie wirkt irgendwie traurig.«

»Das ist doch kein Wunder, oder?«

Die Nachricht, dass Phoebe sich in eine Todesfee verwandelt hatte, war für Prue schon schlimm genug gewesen. Doch der Anblick, wie Balthasar ihre Schwester mit sich gerissen hatte, war der Tropfen, der das Fass zum Überlaufen gebracht hatte.

Da durfte man schon mal traurig schauen.

Wozu war der ganze Zauber zum Aufspüren der Todesfee gut, wenn man nicht mal mehr seine telekinetischen Kräfte besaß, um effektiv eingreifen zu können?

»Hast du nicht gesagt, Cole würde ihr nie etwas antun?«, wollte Leo von Piper wissen.

»In Notwehr schon. Du hast doch gesehen, wie sie ihn angegriffen hat. Entweder tötet er sie. Oder sie tötet ihn, und dann ist sie für immer eine Todesfee. Schöne Aussichten.«

Piper setzte sich seufzend neben ihren Mann. »Das ist alles nur meine Schuld! Sie hat sich direkt auf ihn gestürzt, weil er ihretwegen leidet. Ich habe sie direkt auf ihn gehetzt. Das ist furchtbar.«

Weder Piper noch Leo bemerkten, wie Prue den Kopf hob.

Sie horchte.

Da war der Ruf der Todesfee wieder!

Phoebe schien gar nicht weit entfernt zu sein! Prue fing wieder an zu bellen, doch Leo und Piper bemerkten es nicht.

»Wir müssen die beiden suchen und trennen«, meinte Leo.

»Aber wie? Und vielleicht ist es auch schon zu spät dafür.« Piper war von Prues Bellen genervt und fuhr sie deswegen an: »Prue, willst du wohl still sein?«

»Du kannst sie vielleicht auspendeln«, schlug Leo vor.

Prue wurde immer nervöser.

Das durfte doch wohl nicht wahr sein!

Die Zeit drängte.

Prue wusste, wo ihre jüngste Schwester war und Leo und Piper begriffen es einfach nicht!

Dann musste sie eben deutlicher werden.

Sie lief zu Leo und zog ihn unsanft am Hosenbein.

Endlich ahnte Piper, was los war.

Prue sprang durch das fehlende Fenster der Verandatür und wurde von der Dunkelheit verschluckt.

»Sie hört Phoebe. Na los, hinterher! Na mach schon, Leo!«, scheuchte Piper ihren Mann und rannte los.

8

IN DEM MAUSOLEUM DES NAHE gelegenen Friedhofs kämpften Balthasar und die Todesfee verbissen miteinander.

Balthasar stieß sie von sich. Doch Phoebe stürzte sich immer wieder auf ihn und versuchte, seine schreckliche Dämonenfratze zu zerkratzen.

Endlich konnte er sie am Hals packen.

»Zwing mich nicht, dich zu töten!«, knurrte er sie an.

Mit aller Kraft schleuderte sie ihn hoch, sodass er sich mehrmals in der Luft drehte und schließlich vor dem Steinsarkophag liegen blieb.

»Verdammt, Phoebe ...«, grummelte er und verwandelte sich wieder in Cole. Vielleicht ging es so: »... ich liebe dich doch!«

Die Todesfee hielt inne und sah ihn erstaunt an.

Augenblicklich stand wieder Phoebe vor ihm.

Der Husky hetzte so schnell er konnte in Richtung Friedhof, wo er den Schrei der Todesfee gehört hatte.

Piper und Leo waren ihm dicht auf den Fersen.

Plötzlich wurde die Hündin von einem gleißenden Licht erfasst. Diesmal waren es nicht die Scheinwerfer eines Autos.

Es war der Zauber.

Piper und Leo konnten mitansehen, wie Prue sich wieder in eine junge Frau verwandelte. Innerhalb einer Sekunde lag wieder die attraktive junge Frau auf dem Asphalt, die sie gestern noch gewesen war.

Glücklich eilte Piper auf ihre Schwester zu und umarmte sie stürmisch.

Doch Prue schrie vor Schmerzen auf.

»Was ist passiert?«, fragte Piper sie besorgt.

Ihre Hüfte tat furchtbar weh. »Ich hatte einen kleinen Unfall«, antwortete sie ihrer Schwester.

»Leo, warum hat der Zauber aufgehört zu wirken?«, wollte Piper sofort wissen.

»Er muss seinen Zweck erfüllt haben. Phoebe wurde bestimmt auch zurückverwandelt«, mutmaßte Leo.

»Heißt das, Phoebe lebt noch, oder ist sie ...?« Piper traute sich nicht, den Gedanken auszusprechen.

Phoebe wusste weder ein noch aus.

Sie sah Cole, den Mann, den sie liebte und erinnerte sich daran, wie er sie getäuscht hatte.

»Nein, komm nicht näher. Rühr dich nicht von der Stelle.« Mit erhobenem Zeigefinger bedeutete sie ihm, Abstand zu halten.

Sie hatte Angst, sich nicht gegen ihn wehren zu können.

»Phoebe!«, flehte Cole sie an.

»Ich will es nicht hören!«

»Doch du willst! Nicht nur du leidest. Glaub mir, ich auch. Sonst wäre das alles gar nicht passiert.«

Cole ging behutsam auf sie zu.

»Ich wollte diese Gefühle vergessen. Ich wollte sie vernichten, sogar durch Magie. Aber es hat nicht funktioniert.« Cole hatte endlich begriffen, dass seine Liebe zu Phoebe zu stark war.

»Das ändert gar nichts!«, entgegnete Phoebe.

Er hatte sie so tief enttäuscht.

»Nein, das ändert nichts an der Tatsache, dass ich eine Hexe getötet habe. Auch wenn es eine Falle war.« Cole wandte sich traurig von ihr ab und ging hinüber zu dem Grabmal.

»Wie meinst du das?«, fragte Phoebe skeptisch.

»Vergiss es. Das ist nicht mehr wichtig«, seufzte er schwer.

»Aber vielleicht ist es für mich wichtig!«, rief Phoebe verzweifelt.

»Reyno hat einen Zauber ausgesprochen. Ich habe die Hexe umgebracht – gegen meinen Willen«, berichtete er traurig.

Phoebe fiel es schwer, seinen Worten Glauben zu schenken. »Und wieso hätte er das tun sollen?«

Cole drehte sich wieder zu Phoebe um und schaute ihr in die Augen. »Er wollte mich wieder zurückverwandeln. Und er wusste, dass ihm das nur gelingt, wenn er den Grund zerstört, der mich auf die Seite des Guten zieht. Dazu musste er dein Vertrauen in mich erschüttern.«

Cole fügte bitter hinzu: »Und er hatte Recht.«

Phoebe rang nach Worten: »Ich weiß nicht, was ich sagen soll.«

Sie kämpfte tapfer gegen ihre Gefühle an.

Wieso machte er es ihr nur so schwer?

Cole hob die Hand und streichelte ihr sanft über die Wange.

Sie schloss die Augen und wäre am liebsten in seinen Armen versunken.

Sie liebte diesen Mann so sehr!

»Es gibt nichts zu sagen. Es ist wahr. Das ändert nichts an der Tatsache, dass ich eine Hexe getötet habe, und auch nichts an unseren Gefühlen.« Er schaute sie wehmütig an.

»Ich denke, wir müssen diesen Schmerz ertragen«, sagte Cole. »Ich werde gehen. An einen Ort, an dem ich dir nicht weiter schaden kann. An dem du vor mir sicher bist.«

Mit diesen Worten löste sich seine Gestalt auf.

Phoebe stand alleine in dem Mausoleum, in dem sie sich während seiner Flucht oft getroffen hatten.

Ihr war zum Heulen zu Mute.

»Ich fühle sie! Phoebe lebt«, verkündete Leo die gute Nachricht.

»Welche Phoebe denn?«, wollte Prue wissen.

»Ich meine unsere Phoebe. Dein Plan hat wohl funktioniert«, sagte er erleichtert zu Piper.

»Aber wenn sie dafür Cole vernichten musste, geht es ihr sicher nicht gut. Holst du sie?«, bat sie den *Wächter des Lichts*.

Leo verschwand, um Phoebe zurückzubringen.

Prue und Piper gingen langsam nach Hause zurück.

Piper bemerkte, dass sich Prue verdächtig oft kratzte und griff ihrer Schwester an den Kopf.

»Was soll das denn?«, wehrte sie sich gegen die Berührung.

Piper konnte sich ein Grinsen nicht verkneifen. »Du hast Flöhe.«

Unglaublich!

Ihre große Schwester, die immer so perfekt und reinlich war, hatte ein Ungezieferproblem!

»Ich finde das gar nicht witzig«, knurrte Prue. »Du weißt gar nicht, was für ein hartes Leben ein Hund führt. Ich meine, du frisst, was dir vor die Schnauze gerät und bist zudem auch noch allen möglichen Gerüchen ausgesetzt.«

»Da geht man ja vor die Hunde – aber du warst wirklich süß«, spottete Piper.

Prue lachte gequält.

»Wenigstens habe ich einen netten Typen kennen gelernt.«

»Einen Mann? Als Hund?«, fragte Piper ungläubig. »Wie denn?«

»Er hat mich angefahren.« Prue strahlte begeistert.

Vor Pipers Nachtclub *P3* standen die Leute mal wieder Schlange, um eingelassen zu werden.

Piper war wie so oft hinter der Bar und kassierte gerade zwei Bier ab.

»Du solltest mal die Preise für die Getränke erhöhen«, schlug Phoebe ihrer Schwester vor.

»Wieso?«, wollte Piper wissen und sah sie erstaunt an.

Sonst mischte sich Phoebe doch nie in geschäftliche Angelegenheiten.

»Rate mal.« Prue reichte ihr die Rechnung der Glaserei. »Für unsere Fenster.«

Piper stöhnte, als sie den Betrag sah.

»Bei dieser Schadenshöhe müssten wir Prozente kriegen«, seufzte Phoebe.

Prue schaute sich um, als suchte sie jemanden. Sie sah einfach umwerfend aus in ihrem aufreizenden Top.

»Erwartest du jemanden?«, wollte Piper wissen.

»Ja. Einen Journalisten. Wisst ihr, er hat eine Schwäche für den besten Freund des Menschen.«

»Oh!« Piper verdrehte die Augen. Prue hatte sich tatsächlich mit dem Journalisten verabredet.

»Er fährt dich an und schon funkt es zwischen euch. Mehr kann man nicht verlangen.« Phoebe konnte die Ironie des Schicksals kaum fassen.

Prue hatte Randy gesehen und stand auf, um auf ihn zuzugehen.

Lächelnd verabschiedete sie sich von ihren Schwestern. »Wie soll ich einem Mann widerstehen, der mit Flugblättern nach mir sucht? Bis später.«

Prue freute sich schon darauf, ihn näher kennen zu lernen.

Nur diesmal als Frau!

Auch Phoebe hatte sich fürs Nachtleben zurechtgemacht und konnte endlich wieder lachen.

»Es ist schön, dich hier zu sehen«, versicherte ihr Piper.

»Ich wollte dir noch danken.«

»Wofür?«

»Dass du Cole gerufen hast. Denn sonst würde ich vermutlich immer noch schreien«, meinte Phoebe lächelnd.

»Man sollte öfter seinem Instinkt vertrauen«, gab Piper zurück.

»Da ist was dran. Und ich denke, ich werde jetzt meinem vertrauen.«

Piper ahnte, was nun kommen würde. »Was bitte soll das heißen?«

»Ich glaube, ich habe einen Fehler gemacht. Ich weiß jetzt, wieso das alles passiert ist. Er liebt mich und es steckt noch viel Gutes in ihm. Ich kann ihn bestimmt zurückholen. Ich weiß es.«

Sie war davon überzeugt.

Aber das hatte Zeit.

Jetzt wollte sie erst einmal tanzen – die ganze Nacht lang.

Die Hölle bricht auf

1

»OKAY«, KEUCHTE PIPER UND schob Dr. Griffith in den Flur des Halliwell-Hauses, »ich glaube, wir sind in Sicherheit. Meint ihr nicht auch?«

Phoebe runzelte skeptisch die Stirn, nickte aber. »Scheint mir auch so.«

»Er hätte sonst bestimmt schon angegriffen«, stimmte Prue zu.

»Was soll das alles?«, rief der Arzt empört. »Warum erklärt mir niemand, worum es hier geht?«

»Keine Zeit. Wir sind zu sehr damit beschäftigt, Ihr Leben zu retten«, erwiderte ihm Phoebe knapp.

»Mein Leben retten?«, stotterte Griffith. »Wer ist denn hinter mir her?«

»Das wissen wir leider auch nicht so genau«, gab Prue zerknirscht zu.

»Weil die Visionen unserer Schwester eben nur sehr vage sind«, frotzelte Piper mit einem Blick auf Phoebe.

»Tut mir Leid«, giftete Phoebe zurück. »Ich habe den Angriff gesehen, und dass wir kräftig ausgeteilt haben – was wollt ihr denn noch?«

»Ein bisschen mehr Informationen, mit wem wir es eigentlich zu tun haben?«, fragte Piper betont lässig.

»Okay, vielleicht solltest du mal hochgehen, um im *Buch der Schatten* nachzuschauen, was du über diesen dämonischen Killer finden kannst«, schlug Prue vor.

»Dämonischer Killer?«, wiederholte Griffith ungläubig.

»Vielleicht gibt es ja einen Bannspruch«, ergänzte Piper. »Und lass dich nicht wieder von der ganzen Cole-Zauberspruch-Kiste ablenken! Diesmal sollten wir uns darauf konzentrieren, auch mal an unser eigenes Überleben zu denken.«

Phoebe nickte und eilte die Treppe hinauf.

Prue sah ihre jüngere Schwester an. »Welche Cole-Zauberspruch-Kiste?«

»Er hat ihr erzählt, dass er nur getötet hat, weil ein Dämon ihn mit einem Fluch belegt hatte«, leierte Piper herunter. »Mann, sie ist wirklich naiv.«

»Ich dachte, Phoebe wäre über Cole weggekommen?«

»Sieht nicht so aus.«

»Worum geht es hier überhaupt?«, fuhr Doktor Griffith dazwischen. Die Schwestern hatten ihn völlig vergessen. »Erst unterbrechen Sie mich bei meiner Arbeit. Dann erzählen Sie mir, mein Leben sei in Gefahr! Und nun reden Sie von Dämonen und Flüchen! Wer sind Sie überhaupt?«

Piper atmete scharf ein. Wow, der Typ war sauer!

»Ich weiß, das ist jetzt schwer zu glauben«, begann Prue vorsichtig, »aber deswegen ist es trotzdem wahr. Sie sind ein Heiler, und entweder haben Sie zu viele Menschen geheilt oder Sie werden jemanden heilen, den die andere Seite lieber auslöschen möchte.«

»Die andere Seite?«, fragte Griffith ungläubig.

»Dämonen«, bestätigte Prue ungerührt. »Genauer gesagt, geht es um Shax, der als Killer für einen bösen Zauberer arbeitet.«

Der Arzt atmete tief durch. Dann lachte er unsicher. »Jetzt verstehe ich – das Ganze hier ist ein Scherz, oder? Irgendwo sind versteckte Kameras, und Sie sollen mich reinlegen, richtig? Steckt meine zweite Ex-Frau dahinter? Das sieht ihr ähnlich!«

Prue hob abwehrend die Hände. »Dr. Griffith, ich kann Ihnen versichern, dies ist kein ...«

Sie erschauderte und brach ihren Satz ab.

»Was ist los?«, wollte Piper wissen.

»Keine Ahnung«, murmelte Prue fröstelnd, »das war wie ein eiskalter Luftzug.« Sie wandte den Blick nach oben. »Phoebe?«

»Ich komme ja schon«, ertönte es vom Dachboden, und im nächsten Moment waren Schritte zu hören.

»Sie sollte sich beeilen«, flüsterte Prue noch, aber es war bereits zu spät.

Shax kam!

Die Tür des Hauses wurde von einem Windstoß aufgerissen und ein Tornado flog laut brausend herein. Die wirbelnden Luftmassen warfen die beiden Hexen-Schwestern regelrecht zu Boden. Griffith gelang es gerade noch, sich gegen eine Wand zu drücken. »Grundgütiger«, murmelte er entgeistert.

Der Sturm legte sich, und Shax nahm seine physische Gestalt an, die wahrlich kein schöner Anblick war. Er war fast zwei Meter groß, langhaarig, muskelbepackt und trug eine grob gestrickte Hose über dem ansonsten nackten Körper. Abgesehen davon war er völlig grau. Grau von den Haaren bis zu den Zehennägeln, inklusive Haut und Pupillen.

Er grinste böse und schoss aus seinen Händen einen Strahl tödlicher Dämonenenergie in die Richtung des vor Entsetzen erstarrten Doktors.

»Nein!«, schrie Prue und warf sich todesmutig dazwischen. Leider war keine Zeit gewesen, irgendwelche magischen Tricks anzuwenden.

Die Wucht der Energie traf sie mitten in die Brust. Fünf Meter weit wurde sie quer durch den Flur geworfen, bis sie krachend die hölzerne Hauswand durchbrach und auf der Veranda aufschlug.

»Prue!«, rief Piper besorgt, aber damit zog sie nur die Aufmerksamkeit des Dämons auf sich. Sie war kaum auf den Füßen, als ein weiterer Energiestrahl sie direkt ihrer Schwester hinterherschickte. Ein weiterer Teil der Hauswand musste dran glauben. In einem Regen aus Holzsplittern krachte Piper kaum einen Meter von Prue entfernt auf den Boden. Auch bei ihr machte sich gnädige Ohnmacht breit.

Langsam drehte sich Shax zu Doktor Griffith um, der immer noch wie angewurzelt an seinem Platz stand.

Er hörte Phoebe nicht, die nun endlich den oberen Treppenabsatz erreicht hatte. In der Hand hielt sie einen Zettel, auf dem sie den Bannspruch niedergeschrieben hatte.

Jetzt musste sie nur noch ihre eigene Schrift lesen können!

»Dämon, der du von den Winden weißt,
sei verbannt aus diesem Erdenkreis!
Finde Ruh in ewiger Nacht;
verschone die, denen du Unglück gebracht!«

Shax hielt inne und setzte diesen »Oh-Oh«Gesichtsausdruck auf, den die Halliwell-Schwestern bei vielen Dämonen sahen, die von der *Macht der Drei* überrascht wurden. Sein mächtiger Körper zuckte zusammen, verwandelte sich in einen Lichtball und fuhr zur Tür des Anwesens hinaus.

Einen Moment lang herrschte Stille. Griffith traute sich nicht, auch nur einen Muskel zu rühren. Phoebe staunte – sie hatte mit der völligen Vernichtung des Dämons gerechnet, nicht mit seinem Rückzug.

Dann fielen ihr ihre beiden Schwestern ein. Mit ein paar schnellen Schritten war sie auf der Veranda.

Prue und Piper waren bewusstlos. Ihre Körper lagen reglos auf dem Boden. Piper floss Blut aus der Nase und unter Prue bildete sich eine hässliche dunkelrote Lache. Es sah schlimm aus.

»Leo?« Phoebe kniete nieder, bevor sie noch einmal den Namen ihres Schwagers rief. »Leo!«

Es dauerte zwei endlose Sekunden, bis sich sein Körper in einem blauen Funkenregen materialisierte. Er erfasste die Situation mit einem Blick.

»Beeil dich, es sieht schlimm aus!«, drängte Phoebe.

Leo nickte. Er kniete nieder und hielt jeweils eine Hand über eine der Halliwell-Schwestern. Seine Finger begannen hell zu strahlen. Einen Moment lang schien nichts zu passieren. Dann jedoch verschwand sowohl der Blutstrom aus Pipers Nase, wie auch die Blutlache unter Prues Körper.

Fast zeitgleich schlugen die Schwestern wieder die Augen auf und stöhnten. Zwar hatte Leo ihre Verletzungen geheilt, aber böse Kopfschmerzen waren ihnen dennoch geblieben.

Ächzend rappelte sich Piper hoch. »Was ist passiert?«

»Ihr beide wäret fast gestorben«, murmelte Leo ernst.

»Nichts Neues«, winkte seine Ehefrau ab.

»Was ist mit Shax?«, fragte Prue, während sie ebenfalls versuchte, wieder auf die Beine zu kommen.

»Ich habe den Spruch angewandt«, berichtete Phoebe, »aber er hat ihn nicht vernichtet. Er hat sich nur zurückgezogen.«

»Vielleicht braucht es drei Hexen, um den Zauber wirken zu lassen«, überlegte Prue. Sie pflückte den Zettel aus der Hand ihrer Schwester. »Wir müssen ihn finden, solange er angeschlagen ist. Phoebe, du bleibst am besten hier und kümmerst dich um Griffith. Wenn Shax auftaucht, hältst du ihn dir mit dem Bannspruch vom Leib. Aua, autsch!«

Sie humpelte los, Piper im Schlepptau.

Phoebe und Leo sahen sich an. Das gefiel ihnen gar nicht.

Prue stützte ihre Schwester noch, als sie auf den breiten Bürgersteig traten. Leos Kräfte in allen Ehren, aber schmerzfrei waren sie nicht. Ramponierte Hexen, das waren sie!

Von Shax war nichts zu sehen.

»Vielleicht hat Phoebe ihn härter getroffen, als sie dachte«, überlegte Piper.

»Nein«, antwortete Prue kopfschüttelnd, »er ist sicher noch irgendwo hier in der Gegend. Dämonen lassen nicht locker, bevor sie nicht das haben, weswegen sie gekommen sind.«

»Aber ob er uns bei strahlendem Sonnenschein auf offener Straße angreifen wird?«, gab Piper zu bedenken. »Das Böse ist doch normalerweise etwas heimtückischer.«

Prue wollte darauf eingehen, aber sie verspürte schon wieder diesen Schauder und das war Antwort genug.

Shax war zurück!

Diesmal materialisierte er sich direkt hinter ihnen auf dem Bürgersteig. Die Windhose, die ihn umgab, wirbelte die Blätter des Spätsommers auf. Er hob die Hand, um die beiden Hexen-Schwestern erneut anzugreifen.

Instinktiv riss Prue die Arme hoch und verpasste Shax einen telekinetischen Schlag.

Der Dämon taumelte zwei Schritte zurück.

Nun war Piper an der Reihe. Mit ihren neu gewonnenen Kräften konnte sie die Bewegungen der Moleküle beschleunigen, sodass Shax nach den Gesetzen der Physik regelrecht zerrissen wurde.

Mit einem lauten Knall löste er sich auf.

Der ganze Vorgang hatte kaum zwei Sekunden gedauert.

»Ist er tot?«, fragte Piper, der immer noch der Schrecken in den Knochen saß.

Prue blickte sich unsicher um. »Ich weiß nicht. Wir haben nicht einmal den Bannspruch aufgesagt.«

»Vielleicht ist das nicht nötig«, konstatierte Piper.

»Wir sollten nach Phoebe sehen«, schlug Prue vor.

Sie machten sich wieder auf den Weg nach Hause.

Elena Dominguez hatte so etwas noch nie gesehen.

Gut, als Fernsehreporterin wurde sie täglich mit Dingen konfrontiert, die sie noch nie gesehen hatte, aber das hier war mehr als unglaublich – es war unfassbar!

»Hast du das drauf?«, fragte sie ihren Kameramann, der sein Objektiv noch immer auf die zwei jungen Frauen gerichtet hatte, die am anderen Ende der Straße in einem viktorianischen Haus verschwanden.

Er nickte.

Elena atmete tief durch und strich sich die Haare zurecht. »Schwenk jetzt wieder auf mich.«

Auf den Fernsehbildschirmen erschien nun wieder ihr Gesicht – fassungslos, aber entschlossen, ganz Profi zu sein. »Meine verehrten Zuschauer, ich kann Ihnen nicht sagen, was wir hier eben gesehen haben, aber wir werden es herausfinden. Das war Elena Dominguez, live für KCSF Kanal 8!«

2

DIE HÖLZERNEN ÜBERRESTE DER Veranda-Wand waren provisorisch beiseite gefegt, und die Möbel im Wohnzimmer standen wieder auf ihrem Platz.

Doktor Griffith zitterte am ganzen Körper. Kein Wunder – sein gesamtes Weltbild war in den letzten Minuten zerstört worden.

Er saß auf der Couch, eingerahmt von Phoebe und Prue, die ihn gerade ins Gebet genommen hatten. Piper kam mit einem Glas Wasser, von dem er abwesend einen Schluck trank.

»Verstehen Sie nun, warum Sie niemandem erzählen dürfen, wer wir sind? Was wir sind?«, fragte Prue eindringlich. »Wenn jemand hinter unser Geheimnis kommt, können wir nicht mehr das tun, zu dem wir auserwählt sind – Unschuldige wie Sie zu schützen.«

Griffith nickte steif. »Klar, klar, ich verstehe schon. Ich meine – ich verstehe nicht alles: Dämonen, Hexen, die Quelle. Meine rationale Skepsis, was Übersinnliches angeht, kann ich wohl zu den Akten legen. Jedenfalls ist Ihr Geheimnis bei mir sicher.«

»Danke«, sagte Phoebe.

»Nein, ich danke Ihnen«, entgegnete der Arzt. »Sie haben mir das Leben gerettet. Sie dafür zu schützen, ist das Mindeste, was ich tun kann.«

Er stellte das Glas ab.

»Ich bringe Sie zur Tür«, lächelte Phoebe und stand auf, um ihn zu begleiten.

Prue und Piper winkten ihm nach, als er das Wohnzimmer verließ.

Leo kam herein. »Wie ist es gelaufen?«

»Gerade noch mal gut gegangen«, sagte seine Ehefrau Piper.

»Was den Doktor angeht«, murmelte Prue.

»Worauf willst du hinaus?«, fragte Leo.

Prue knetete ihre Hände. »Es scheint mir immer noch seltsam, dass es uns gelungen ist, Shax zu vernichten.«

»Was meinst du damit?«, wollte Piper wissen. »Er hat geschrien und dann hat es ›paff‹ gemacht, wie immer. Übrigens, der dritte Dämon, den ich mit meinen neuen Kräften erledigt habe – nicht, dass ich mitzählen würde.«

»Wenn das ausreicht, um ihn zu vernichten, wieso gab es dann einen Bannspruch im *Buch der Schatten*? Das ist doch normalerweise ein klarer Hinweis dafür, dass unsere Kräfte allein nicht ausreichen«, erwiderte Prue.

»Das Buch wurde aber von Hexen verfasst, die nicht so mächtig waren wie ihr«, gab Leo zu bedenken. »Sie waren auf die Bannsprüche angewiesen.«

»Und wenn Shax nicht tot wäre«, ergänzte Phoebe, die inzwischen wieder zurück war, »hätte er doch schon längst wieder angegriffen.«

»Könntest du mal beim Hohen Rat nachfragen?«, bat Prue ihren Schwager.

»Klar«, antwortete Leo und löste sich in einem glitzernden Funkenregen auf.

»Wenn du mich fragst«, sagte Piper, während sie ihren Ehemann verschwinden sah, »bist du paranoid. Wir haben Shax verjagt!«

»Ich hoffe, du hast Recht«, murmelte Prue, die keine weiteren Argumente hatte.

Phoebe blickte in die Runde. »Wenn ihr mich dann momentan nicht mehr braucht, würde ich mich gerne an einem neuen Trank versuchen, der Cole helfen könnte. Er soll die Folgen des Zaubers, der ihn böse werden ließ, rückgängig machen.«

»Phoebe ...«, begann Piper langsam.

»Piper, ich will nicht deine Erlaubnis, nur deine Unterstützung«, fiel Phoebe ihr ins Wort.

»Es ist schwer, dich zu unterstützen, wenn wir das Gefühl haben, dass du nur wieder verletzt werden wirst«, mischte sich Prue ein, die in der Sache wie Piper dachte.

»Cole ist gut, da bin ich mir sicher«, widersprach Phoebe. »Und wenn schwarze Magie ihm das angetan hat, warum sollte weiße Magie es nicht wieder bereinigen können? Ich kann nicht anders – ich muss es versuchen.«

Prue sagte nichts mehr – Phoebe hatte ihre Entscheidung getroffen, und damit war jede weitere Diskussion überflüssig.

»Was sollen wir dabei tun?«, fragte Piper.

Phoebe gab ihr einen Zettel. »Schickt mich runter. Ich habe den entsprechenden Spruch so verändert, dass es funktionieren müsste.«

Piper faltete das Papier auseinander. »Das ist aber sehr gefährlich. Wenn etwas schief geht, können wir keinen Kontakt aufnehmen.«

»Es wird schon gut gehen«, sagte Phoebe. »Cole ist ja da. Er wird auf mich aufpassen. Macht euch keine Sorgen.«

»Du verlässt dich ein bisschen zu sehr auf den Trank«, fand Prue.

»Nein«, widersprach Phoebe leise, »ich verlasse mich auf Cole.«

Es war eine dunkle, unfreundliche Dimension und als Teil der Hölle ungewöhnlich nasskalt. Ein gusseisener Krake mit schier unzähligen Kerzen erleuchtete einen kleinen Fleck in dieser Welt, die ansonsten in totaler Finsternis lag. Direkt daneben lag ein bisschen Stroh, und auf dem Stroh lag der Staatsanwalt Cole Turner.

Cole Turner, der in sich den Dämonen Balthasar trug. Cole Turner, der die Hexe Phoebe Halliwell liebte, aber auch den dunklen Mächten gehorchen musste.

Er war in dieser Einöde gefangen, und das war vielleicht gut so. Die Welt der Menschen verwirrte ihn. Hier, in der toten Leere dieser Welt, war alles klar und einfach.

Mit einem blendenden Lichtblitz tauchte Phoebe in dieser Dimension auf. Sie brauchte einen Moment, um sich an die bescheidenen Lichtverhältnisse zu gewöhnen, doch schließlich war sie froh, dass ihr Spruch überhaupt funktioniert hatte. Die Veränderung existierender Zaubersprüche war keine exakte Wissenschaft, und vieles konnte dabei schief gehen.

Sie sah die Gestalt des Mannes, den sie liebte, auf dem Boden liegen, kniete nieder und fasste ihn an der Schulter an: »Cole.«

Er erwachte. Einen Moment lang wähnte er sich in seinem Apartment, an einem der Morgen, an denen er neben seiner Geliebten erwacht war. Einen Moment lang.

»Phoebe«, murmelte er, »was machst du hier?«

»Ich bin gekommen, um dich zurückzuholen«, antwortete sie.

Er stand auf, wobei er seine Freundin um fast einen Kopf überragte. Seine Hand fuhr über ihre Wange, um sich dann plötzlich um ihren Hals zu legen. »Das hättest du nicht tun sollen«, knurrte er.

Und drückte zu ...

Der Kameramann betrat den spärlich eingerichteten Konferenzraum des Fernsehsenders, die Betacam-Kassette wie eine Trophäe in der Hand.

Alle leitenden Redakteure der Lokalstation waren da, und der Chef vom Dienst brachte sie mit einer Handbewegung zum Schweigen, während Elena Dominguez das Band in den Videorecorder schob. »Haltet alle mal die Klappe! Tür zu! Damit das klar ist – was wir jetzt besprechen, bleibt vorläufig in diesen vier Wänden, verstanden?«

Allgemeines Nicken und zustimmendes Gemurmel war die Reaktion.

»Leg los, Elena.«

Die ehrgeizige Reporterin drückte auf die Play-Taste und die Aufnahmen vom Nachmittag erschienen.

Elena stand auf einer Straße und beendete gerade eine öde Reportage. »Und es gibt Gerüchte, nach denen dieses Viertel auf einer Erdbeben-Falte steht, die laut ...«

Ein Geräusch aus dem Hintergrund unterbrach ihren Bericht, und mit einem satten Fluch auf den Lippen schwenkte der Kameramann herum. Er bekam zwei junge Frauen ins Bild, die vor einem grau gekleideten Hünen standen, um den eine Art Windhose wirbelte. Irgendwelche Handbewegungen waren zu sehen – und auf einmal verschwand der Typ in einem Lichtblitz.

»Hast du das drauf?«, Elenas Stimme war zu hören. »Schwenk jetzt wieder auf mich.«

Elena Dominguez stoppte das Band.

Atemlose Stille im Raum. Selbst die hart gesottenen Journalisten waren sprachlos.

»Ist das schon landesweit raus?«, wollte schließlich der Chef vom Dienst wissen.

»Nein«, murmelte die Nachrichtenchefin, »aber wenn wir es nicht bald auf den Satelliten geben, wird uns irgendein Spinner mit einer Aufzeichnung von heute Nachmittag zuvorkommen.«

»Und damit können wir die Profite aus der exklusiven Vermarktung vergessen«, ergänzte der Sprecher des Senders.

»Langsam!«, widersprach der Chef vom Dienst. »Wir wissen doch nicht einmal genau, was wir da gesehen haben!«

Die junge Reporterin fuchtelte aufgeregt mit den Händen. »Augenscheinlich waren wir Zeugen von etwas Übernatürlichem!«

Die Nachrichtenchefin verdrehte hinter ihrer Designerbrille die Augen. »Nicht so schnell. Das hier könnte eine Menge Ursachen gehabt haben – vielleicht der Test einer neuen Waffengattung oder ein Publicity-Gag.«

»Ein Publicity-Gag?«, meldete sich nun der Kameramann zu Wort. »Von wem? Der NASA?«

»Wieso sollte jemand so was inszenieren, wenn doch niemand wusste, dass wir an dem Tag dort drehen würden?«, gab Elena zu bedenken.

»Das glauben wir zumindest. Aber vielleicht hat man uns bewusst aufs Glatteis geführt«, beharrte die Nachrichtenchefin. »Nach allem, was wir wissen, könnte es sich um einen Scherz handeln.«

Der Chef vom Dienst nickte grimmig. »Und wenn wir das Band zeigen, ohne es genau geprüft zu haben, machen wir uns zu den Deppen der Nation.«

Elena sah ihre Felle und damit ihre landesweite Karriere im News-Business davonschwimmen. »200.000 Leute haben das heute Nachmittag gesehen! Das können wir nicht mehr rückgängig machen. Also – was machen wir jetzt?«

Entnervt rieb sich der Chef vom Dienst die Augen. Solche Storys waren gar nicht gut für sein Magengeschwür. »Finde heraus, wer diese Frauen sind. Aber sei vorsichtig – wahrscheinlich werden sie nicht scharf darauf sein, mit uns zu kooperieren.«

Innerlich sprang Elena vor Freude in die Luft, äußerlich kräuselten sich lediglich ihre Mundwinkel zu einem kleinen Lächeln. »Gemacht, Boss.«

In einer Sekunde war sie mit ihrem Kameramann aus der Tür.

Das war die Story des Jahrhunderts!

Frustriert strich Prue die braunen Blätter beiseite, die auf dem Bürgersteig herumlagen.

»Ich weiß gar nicht, was du erwartet hast«, neckte Piper sie, »Dämonen hinterlassen keine Fußspuren. Das wissen wir doch.«

Prue seufzte und stand auf. »Aber normalerweise hinterlassen sie ein Häufchen Asche, einen Rest Schleim oder einen Brandfleck. Es will mir einfach nicht in den Kopf, wieso es uns gelungen ist, einen so mächtigen Dämon ohne einen Bannspruch zu vernichten!«

»Ich mache mir mehr Sorgen um Phoebe als um Shax«, sagte Piper gedankenverloren. »Wir hätten sie nicht gehen lassen sollen.«

»Phoebe kann auf sich aufpassen«, widersprach Prue. »Das gilt nicht für Doktor Griffith.« Sie machte sich wieder auf den Weg zurück ins Haus. »Ich habe schon den ganzen Tag ein mieses Gefühl wegen dieser Sache und ich weiß, dass ich mich auf meinen Hexen-Instinkt verlassen kann.«

Während Piper ihrer Schwester folgte, fiel ihr die kleine Amanda auf, die in der Einfahrt stand und sie anstarrte. »Hi, Kleines!«

Das Mädchen mit den blonden Zöpfen sagte kein Wort. Aber plötzlich kam ihre Mutter aus dem Haus gelaufen und zog sie davon. »Komm weg!«

Verwirrt beobachtete Piper die Szene.

Seltsam. Die Halliwell-Schwestern hatten nie Schwierigkeiten mit den Nachbarn gehabt. Warum verhielten die sich auf einmal so seltsam?

Sie dachte einen Moment lang darüber nach, Prue davon zu erzählen, entschied sich aber dann dagegen. Ihre ältere Schwester machte sich momentan schon genug Sorgen.

Es war eine simple Verhaftung. Der Typ war so blöd gewesen, immer in derselben Gegend die Autoradios zu klauen. Heute hatte Inspektor Daryl Morris die Falle zuschnappen lassen und führte nun den mehrfach Vorbestraften aufs Revier.

Dort setzte er den Mann auf einen Stuhl. »Nicht weglaufen.«

»Morris!«, bellte sein Vorgesetzter quer durch den Raum.

»Was gibt's, Captain?«

Der deutlich kleinere Beamte baute sich vor Daryl auf. »Sieht so aus, als ob an den verrückten Geschichten über Sie und die Halliwell-Schwestern was dran sei.«

Er deutete mit dem Daumen auf einen Fernseher, der auf einem Aktenschrank stand.

Es lief eine Nachrichtensendung. Die gezeigte Szene hatte den eingeblendeten Schriftzug ›Live-Aufzeichnung‹.

Daryl schluckte, als ihm klar wurde, was er da sah.

Das war gar nicht gut.

Das war sogar äußerst schlecht.

»Okay, das verstehe ich«, sagte Prue am Telefon zu der Rezeptionistin des Krankenhauses, »aber richten Sie ihm bitte aus, er möchte uns anrufen, wenn er fertig ist.«

Sie hängte auf.

»Und?«, fragte Piper.

»Dr. Griffith ist im OP«, berichtete Prue, »und da wird Shax ihn wohl kaum angreifen.«

Piper schüttelte den Kopf. Sie war immer noch nicht überzeugt, dass Shax noch lebte. »Wir können Griffith doch nicht ewig beschützen.«

»Das müssen wir auch gar nicht«, entgegnete ihre Schwester. »Wenn ich Recht habe, wird der Dämon es sehr bald wieder versuchen. Wir sollten sofort losfahren.«

»Nein, wir sollten warten«, widersprach Piper. »Wir wissen doch noch gar nicht, was Leo herausgefunden hat. Das ist umso wichtiger, da wir derzeit ohne Phoebe auskommen müssen. Was ist, wenn wir die *Macht der Drei* brauchen?«

Das Telefon klingelte.

»Vielleicht ist das ja schon Griffith«, hoffte Prue und schnappte sich den Apparat.

Sie wurde enttäuscht. Es war Daryl Morris.

Ein sehr aufgeregter und sehr nervöser Daryl Morris.

»Wie konnte das passieren, Prue? Wie konntet ihr nur so unvorsichtig sein?«

So kannte sie ihn gar nicht.

»Daryl, langsam«, bremste Prue ihren Freund bei der Polizei von San Francisco. »Wovon redest du überhaupt?«

»Habt ihr keinen Fernseher?«, fragte Daryl überrascht.

»Fernseher?«

Prue warf einen Blick auf das kleine tragbare Gerät in der Küche, das zwar eingeschaltet, dessen Ton aber abgestellt war. Es lief irgendeine Nachrichtensendung.

Als Prue die Lautstärke aufdrehte wurde gerade zum tausendsten Mal die Szene vom Nachmittag wiederholt.

»Oh, mein Gott«, murmelte sie.

Prue fiel fast der Hörer aus der Hand.

Aber es kam noch schlimmer – das Bild schaltete nun wieder live zu Elena Dominguez, die direkt vor einem ziemlich vertraut wirkenden Haus stand. »Ich stehe hier direkt vor dem Gebäude, in dem sie angeblich leben.«

Jetzt fiel Prue tatsächlich der Hörer zu Boden. Ihre Reaktion war völlig untypisch. »Mist!«

Piper schlug nur die Hand vor den Mund.

Diese Reporterin stand direkt vor ihrem Haus!

Elena Dominguez kam jetzt richtig in Fahrt. »Piper, Prue und Phoebe Halliwell – dies ist ihr Zuhause. Und wir werden sie gleich treffen – live auf KCSF Kanal 8!«

3

IM LEBEN DER HALLIWELL-SCHWESTERN war mitunter die Hölle los. Was die attraktiven Frauen von anderen Geschlechtsgenossinnen unterschied, war die Tatsache, dass »Hölle« in diesen Fällen meistens wörtlich zu nehmen war.

Heute war das jedoch anders. Die momentane Hölle hatte nichts Dämonisches an sich.

Diese Hölle war das, was man Publicity nannte.

Gut für Film-Starlets.

Schlecht für Hexen.

Mehrere Übertragungswagen standen vor dem altehrwürdigen Haus. Dutzende von Schaulustigen drängelten sich auf dem Bürgersteig. Es war ein einziges Menschenmeer.

Daryl stoppte seinen Dienstwagen.

Verdammt!

Die Sache war bereits außer Kontrolle geraten.

Sofort war er von Reportern umzingelt. Leider kannte er einige von ihnen und konnte deshalb auch nicht als Privatperson auftreten.

»Wollen Sie die Schwestern verhaften, Inspektor Morris?«

»Was genau kann man ihnen vorwerfen?«

»Haben Sie weitere Informationen?«

Daryl schüttelte nur grimmig den Kopf und bahnte sich einen Weg durch die Menge. »Kein Kommentar.«

Den mit Steinplatten ausgelegten Weg zur Haustür der Halliwells nahm er im Eilschritt. Eine junge Frau zog an seiner Jacke, in ihren Augen ein wirres Flackern. »Sie sind Hexen – genau wie ich! Ich bin auch eine Hexe!«

Daryl schüttelte sie ab und klopfte an die Haustür. »Ich bin's, Daryl!«

Neben ihm tauchte plötzlich Elena Dominguez auf und als Piper die Tür einen Spalt öffnete, wollte sie sich ebenfalls hineindrängeln. Aber Daryl schob sie ruppig zurück.

»Ist das nicht illegal?«, rief Piper völlig aufgelöst. Sie fuchtelte mit den Armen. »Kann man dagegen nicht was unternehmen?«

Daryl stemmte die Arme in die Hüfte. »Jemanden vor laufender Kamera umzubringen, ist auch nicht gerade legal.«

Jetzt kam auch Prue. »Es war kein Mensch, es war ein Dämon. Und außerdem sind wir nicht einmal sicher, ob wir ihn überhaupt getötet haben.«

»Wollt ihr das der versammelten Presse erzählen?«, fragte Daryl sarkastisch. Er seufzte. »Ich habe um Verstärkung gebeten, aber das wird auch nicht viel helfen.«

»Wir hätten Shax nicht nach draußen folgen dürfen«, murmelte Piper resigniert.

»Wir hatten keine Wahl«, antwortete Prue.

»Glaubst du wirklich?«

Langsam wurde die älteste der Halliwell-Schwestern sauer. »Natürlich. Hätten wir ihn fliehen lassen sollen, damit er weitere Unschuldige töten kann?«

Sie strich sich nervös über die Stirn. »Wisst ihr was? Lasst uns nicht streiten. Wir habe mit dieser Sache schon genug Probleme.«

Das war Daryls Stichwort. »Mehr, als ihr glaubt. Der Captain besteht darauf, dass ich euch für eine Vernehmung aufs Revier bringe.«

Piper lachte kurz auf. »Kein Problem, warum erzählen wir ihm nicht gleich die ganze Wahrheit?«

Daryl deutete erneut mit dem Daumen aus dem Fenster. »Er wird nicht schlimmer sein als die Parasiten da draußen.«

Sein Handy klingelte. Die im Display blinkende Nummer verhieß nichts Gutes. »Hallo, Captain.«

Er ging ins Wohnzimmer, um außer Hörweite zu sein.

»Vielleicht«, sagte Prue gedehnt, »könnte ja auch unser Schwesterchen zur Lösung der Probleme beitragen – wenn sie nicht mit ihrer Beziehungskiste zu tun hätte!«

Piper nickte. Dann bemerkte sie, wie die Luft anfing zu schimmern.

»Leo!«, rief sie vorwurfsvoll. »Wie schön, dass du auch mal vorbeischaust! Wo bist du gewesen?«

»Nicht so wichtig«, winkte Leo ab. »Aber diese Sache ist ›oben‹ unangenehm aufgefallen.«

»Hier unten auch«, knurrte Prue genervt. »Irgendwelche Vorschläge?«

Der *Wächter des Lichts* schüttelte den Kopf. »Sie arbeiten noch dran.«

»Sie können sich ja ruhig Zeit lassen«, flötete Piper.

Leo hob abwehrend die Hand. »Moment – schließlich habt ihr euch den Mist selbst eingebrockt.«

»Selbst eingebrockt?«, fauchte Piper. »Wir haben drei Jahre lang unsere Arbeit gemacht, ohne erwischt zu werden. Bedeutet das denn gar nichts?«

»Piper, ihr seid aufgeflogen«, betonte Leo. »Wenn wir das nicht in Ordnung bringen, wird alles Gute, das ihr getan habt, und alles Gute, das ihr noch zu tun bestimmt seid, verloren gehen.«

»Vielleicht ist *das* ja unsere Bestimmung!«, verkündete Piper eine Spur zu laut. »Vielleicht sollen wir unsere Aufgabe genau so beenden.«

»Das glaubst du doch nicht wirklich.«

»Wieso nicht?« Piper geriet nun außer sich.

»Das ist Unsinn«, widersprach Prue. »Das gesamte Jahr war eine Prüfung. Vielleicht ist das hier nur eine weitere? Während der Hohe Rat tagt, sollten wir unseren Job erledigen.«

»Dr. Griffith?«, fragte Piper.

»Genau«, bestätigte Prue. »Wenn wir ihn nicht abfangen, bevor er aus dem OP kommt, wird Shax sich die Gelegenheit nicht entgehen lassen. Es sei denn, der Hohe Rat weiß etwas, was wir nicht wissen. Leo?«

Der *Wächter des Lichts* schüttelte den Kopf. »Nein, aber ich glaube, du hast Recht. Ihr werdet die *Macht der Drei* brauchen, um Shax endgültig zu vernichten.«

»Tja, leider sind wir momentan nur zu zweit«, erklärte Prue, »kannst du uns nicht mal schnell ins Krankenhaus teleportieren?«

Leo schüttelte den Kopf. »Ich darf nicht. Der Hohe Rat will verhindern, dass auch die *Wächter des Lichts* enttarnt werden.«

»Feiglinge!«, zischte Piper.

»Kein Problem«, winkte Prue ab, »dann fahren wir eben selber.«

»Wohin?«, fragte Daryl, der gerade wieder zu ihnen stieß. »Auch wenn ihr den Unschuldigen retten könnt, rettet euch das nicht aus diesem Schlamassel!«

»Das stimmt«, gab Prue zu, »aber wir haben ganz klare Prioritäten. Versuche bitte, uns den Rücken freizuhalten.«

»Und du machst bei deinen ›Vorgesetzten‹ mal ein bisschen Dampf«, giftete Piper ihren Gatten an.

Damit drehten sich die zwei Zauberhaften um, um durch den Hinterausgang des Hauses zu verschwinden. Die beiden Kerle würden den Weg nach draußen sicher selber finden.

Prue und Piper gelangen nur ein paar Schritte zum schwarzen BMW, bis sie von der Meute entdeckt wurden. Sofort kamen die Reporter und die Schaulustigen, darunter auch Elena Dominguez und die durchgeknallte ›Hexe‹, auf sie zugestürmt.

»Warten Sie!«

»Wir haben ein paar Fragen!«

»Die Öffentlichkeit hat ein Recht auf die Wahrheit!«

»Nehmt mich mit euch!«

Gott sei Dank schafften es die Halliwell-Schwestern, ihren Wagen auf die Straße zu lenken und mit überhöhter Geschwindigkeit davonzurasen.

Cole krachte hart auf den steinernen Boden. In diesem Körper konnte er Schmerzen verspüren. Und er verspürte eine ganze Menge davon.

Das war ein ganz schön fieser Tritt gewesen, den Phoebe ihm da verpasst hatte!

Er schüttelte den Kopf, um wieder einen klaren Gedanken zu fassen. »Mit dir kann man nicht so leicht Schluss machen, wie es scheint.«

Phoebe blieb so stehen, wie sie es im Karate-Kurs gelernt hatte. »Ich habe nicht mein Leben riskiert, um hier runterzukommen, um dann unverrichteter Dinge wieder abzuziehen.«

Cole stützte sich ächzend auf. »Mich kriegst du auf keinen Fall mehr.«

»Es sei denn, es gelingt mir, den Zauber umzukehren, der dich von mir getrennt hat«, widersprach Phoebe.

»Diese Diskussion hatten wir doch schon«, winkte Cole ab, »selbst wenn du den Zauber brechen könntest, würde das nichts ändern ...«

»... an der Tatsache, dass du eine Hexe getötet hast«, vollendete Phoebe den Satz. »Aber du hast es nicht mit Absicht getan. Und das ist deine Chance. Unsere Chance!«

Cole war jetzt wieder auf den Beinen und packte schon wieder nach Phoebes Hals. »Ich hatte meine Chance und ich habe sie verspielt. Geh zurück in deine Welt. Ich bin verloren.«

Aus der ledernen Gürteltasche zog Phoebe das kleine Fläschchen, während ihr Gesicht beunruhigend blau anlief. Cole durfte nicht merken, was passierte, darum bewegte sie sich trotz des Sauerstoffmangels betont langsam.

Jetzt!

Mit einer ausholenden Bewegung schwang sie die Phiole herum und schlug sie Cole auf sein breites Kreuz. Krachend zerbrach sie.

Rauch stieg auf.

Er ließ sie los.

»Ob du verloren bist, werden wir gleich sehen«, krächzte Phoebe.

Cole schwankte ein wenig und für einen Moment sah es aus, als würde er stürzen. Aber er fing sich wieder. Benommen schüttelte er den Kopf.

Er machte einige langsame Schritte auf Phoebe zu, die vor Aufregung gerne den Atem angehalten hätte – aber dazu war sie doch zu ausgepumpt.

Cole hob die Hand.

Jetzt kam es drauf an ... und zog sie in seine Arme.

Leidenschaftlich presste er seine Lippen auf die ihren.

Ja!

Sie hatte es geschafft!

Ein Feuerwerk ging in Phoebes Kopf los und machte jedem klaren Gedanken den Garaus. Alles drehte sich und ihre Knie wurden weich.

Cole war wieder bei ihr!

All die Mühen, die Verzweiflung, die Tränen – dieser eine Kuss war es wert gewesen. Und die Tatsache, dass sie endlich wieder eine Zukunft hatten!

»Lass uns gehen«, flüsterte Phoebe, als Cole ihr einen Moment gab, um Luft zu holen.

»Wohin?«, flüsterte er, und sie spürte die Unsicherheit in seiner Stimme.

»Nach Hause«, schnurrte sie. »Zu mir.«

»Glaubst du, man wird mich so einfach gehen lassen? Man wird nach mir suchen, mich jagen!«

Phoebe schüttelte den Kopf. »Dann werden wir kämpfen.«

Cole trat einen Schritt zurück. »Und wie lange? Bis in alle Ewigkeit? Phoebe, wir haben das doch schon probiert – da oben haben wir keine Chance.«

Sie sah ihn verwirrt an. »Aber was heißt das? Was sollen wir tun?«

»Gar nichts«, sagte Cole resigniert. »Es ist, wie es ist.«

Das Feuerwerk in Phoebes Kopf erlosch wieder.

Piper und Prue rannten durch den mit Linoleum ausgelegten Hauptgang des San Francisco Memorial Krankenhauses. Es roch nach Desinfektionsmitteln.

Sie hatten Glück – Dr. Griffith kam gerade aus dem OP. Er trug seinen blauen Kittel, zog sich die Maske vom Gesicht und streifte die Gummihandschuhe ab. Offensichtlich war er auf dem Weg zum Waschraum.

»Dr. Griffith, Gott sei Dank«, keuchte Piper außer Atem. »Wir haben Sie gesucht!«

»Was ist denn?«, fragte der Arzt verwirrt. Er hatte gehofft, den Albtraum der letzten 48 Stunden endlich hinter sich gelassen zu haben.

»Shax ist immer noch hinter Ihnen her«, verkündete Prue knapp und zog ihn in Richtung Ausgang.

»Aber ich dachte, er wäre vernichtet«, rief Griffith.

»Das dachten wir auch«, sagte Piper, während sie den Doktor vor sich herschob.

»Ich glaube nicht, dass ich ...«, begann Griffith.

»Nicht diskutieren!«, rief Prue und stieß ihn durch die Seitentür des BMW.

Währenddessen sah sich Piper um. Sie bemerkte zwei Dinge, die ihr gar nicht gefielen. Es waren zwei Dinge, die in Kombination miteinander das Potenzial für eine Katastrophe hatten.

Erstens: Auf der anderen Straßenseite stoppte der Van

von KCSF und ein Kameramann sprang heraus – Elena Dominguez im Schlepptau.

Zweitens: Es kam Wind auf.

Piper hatte es kaum wahrgenommen, als eine Windhose sie auch schon vom Wagen wegschob. Dr. Griffith wurde regelrecht aus dem BMW gesogen und landete unsanft auf dem Asphalt.

Shax materialisierte sich inmitten des Sturms.

Er brüllte und hob wütend die Fäuste. Diesmal würde er sich seine Beute nicht entgehen lassen!

Prue hatte Elena Dominguez und ihren Kamerasklaven gesehen – außerdem ungefähr ein Dutzend Passanten, die erschreckt stehen geblieben waren, um das Schauspiel zu verfolgen.

Egal – es gab jetzt kein Zurück!

Prue zog den Zettel mit dem Bannspruch heraus, und gemeinsam begannen die Schwestern zu lesen:

»Dämon, der du von den Winden weißt,
sei verbannt aus diesem Erdenkreis!
Finde Ruh in ewiger Nacht;
verschone die, denen du Unglück gebracht!«

Shax hatte aus seinen letzten zwei Misserfolgen nichts gelernt, denn er floh nicht, sondern versuchte stattdessen, der *Macht der Zauberhaften* zu widerstehen. Ein hoffnungsloses Unterfangen!

Von unsichtbaren Kräften gepackt, schien es Shax fast zu zerreißen. Er ruderte mit den Armen hin und her, konnte sich aber nicht mehr fangen und zerplatzte schließlich in einer beeindruckenden Mini-Explosion, die nur eine Schwefelwolke zurückließ.

Es wurde wieder still.

Bis das Klatschen begann.

Die Zuschauer – sie applaudierten!

Einige jubelten sogar!

Piper sah sich unsicher um. »Wow, das nenne ich mal einen erfolgreichen Bannspruch.«

Prue hingegen sah auf der anderen Seite Elena Dominguez und ihren Kameramann stehen, die triumphierend grinsend ihr Zeug packten.

»Live und in Farbe«, murmelte Prue. »Das ist gar nicht gut.«

4

DAS CHAOS WURDE IMMER GRÖSSER. Die gesamte Straße, in der die Halliwell-Schwestern lebten, war mittlerweile verstopft. Es gab die ersten Hotdog-Stände und T-Shirt-Verkäufer. Am Himmel kreisten Nachrichten-Helikopter und diverse Spinner in Alien-Masken verteilten schnell kopierte Pamphlete, die beweisen sollten, dass Prue, Phoebe und Piper Außerirdische waren. Schilder mit Aufschriften wie »Das Ende ist nah!« und »Bereuet!« wurden hochgehalten.

Kaum jemand nahm Notiz von der blonden jungen Frau, die sich auf das Dach eines Lastwagens gestellt hatte und aus voller Kraft gegen den Lärm anbrüllte: »Piper, Phoebe, Prue – ich bin eine von euch. Ich kann euch helfen!«

Ein Hexenkessel, dachte Piper sarkastisch, während sie durch den Vorhang nach draußen blickte.

»Mir ist egal, wie Sie das anstellen«, bellte Daryl Morris gerade in sein Handy, »sorgen Sie dafür, dass die Auffahrt wieder frei wird!«

»Ich verstehe nicht, wie diese Reporter uns gefunden haben«, sagte Prue, »sie sind uns doch gar nicht zum Hospital gefolgt.«

»Luftüberwachung«, grinste Daryl mürrisch. »Die haben einen Verkehrshubschrauber auf euch angesetzt.«

»Klasse«, grummelte sie, »ich hoffe nur, dass Phoebe da unten mehr Erfolg hat als wir hier oben!«

»Schau dir bloß mal die ganzen Interview-Anfragen an«, rief Piper, als sie den Ausgangskorb des Faxgerätes leerte, »Larry King, Oprah Winfrey, David Letterman – sogar der Playboy!«

Prue sah ihre Schwester erstaunt an.

»Bestimmt nur wegen eines Artikels«, meinte Daryl schnell.

»Das Ganze ist ein Albtraum!«, erklärte Prue. »Wo ist Leo?«

Während sie entnervt durch die Küche stapfte, fiel ihr Blick wieder mal auf den kleinen Fernseher. Und was sie sah, gefiel ihr gar nicht.

»Seht ihr, was ich sehe?«, fragte sie, und griff nach der Fernbedienung, um den Ton aufzudrehen.

Piper trat dazu. »Dr. Griffith?«

In der Tat – es war der Arzt, dem sie gerade zweimal das Leben gerettet hatten. Er stand dekorativ vor einem Ambulanzwagen und auf seinem Kopf trug er ein ziemlich lächerliches Toupet. Er gab mit selbstherrlichem Unterton ein Interview. »Na ja, und dann ging eine von ihnen zum Dachboden, wo sie so eine Art magisches Zauberbuch haben. Es ging um einen Bannspruch, wenn ich das richtig verstanden habe …«

»So viel zur ärztlichen Schweigepflicht!«, knurrte Prue. »Mach aus.«

Piper drückte einen Knopf auf der Fernbedienung und schaltete damit von Kanal 8 auf Kanal 6 – direkt hinein in ein Interview mit einer alten Klassenkameradin von Prue!

»Ich wusste ja immer schon, dass mit den Halliwell-Mädchen etwas nicht stimmte«, flötete die eitle Blondine in das Mikrofon, »und ich bin sicher, dass Prue damals einen Fluch ausgesprochen hat, damit mein Freund Allan mit mir Schluss macht!«

»Das ist der Gipfel!«, rief Prue. »Susie Johnson? Die dumme Gans konnte sich nicht einmal die Nummer ihres Schulspindes merken! Wenn ich die erwische!«

»Ich habe mich immer gefragt, warum Susie und Allan Schluss gemacht haben«, sagte Piper verschwörerisch und fing sich für diese Bemerkung einen Tritt von Prue ein.

»Das ist nicht komisch«, zischte Prue. Sie marschierte in das große Wohnzimmer und schrie sich dabei fast die Seele aus dem Leib. »Leo? Leeeoooo!!!«

Piper folgte ihr und kam gerade rechtzeitig, um zu sehen, wie sich ihr Ehemann materialisierte.

Prue hielt Leo den ausgestreckten Zeigefinger unter die Nase. »Schluss jetzt! Diese Sache entwickelt sich zu einem Jahrmarkt. Ich will, dass das aufhört!«

»Jetzt versteht ihr sicher, warum der Hohe Rat immer davor gewarnt hat, an die Öffentlichkeit zu gehen.«

»Schon klar«, winkte Piper ab. »Und was ist sein Vorschlag?«

»Na ja«, druckste Leo herum, »es ist etwas heikel.«

»Wir hören.«

Betretenes Schweigen.

»Ihr müsst versuchen, Tempus zu kontaktieren«, sagte Leo schließlich.

»Tempus, den Dämon?«, fragte Prue sichtlich geschockt.

Leo blickte zu Boden. »Er ist der Einzige, der die Macht hat, die Zeit zu manipulieren. Er könnte alles zurückdrehen bis zu dem Zeitpunkt, bevor der Ärger begonnen hat.«

»Du hast Recht«, sagte Prue, »das ist in der Tat heikel.«

Die weißen Hexen der Halliwells sollten einen Dämon bitten, ihnen aus der Patsche zu helfen? Das war doch absurd!

»Den haben wir doch vernichtet«, gab Piper zu bedenken.

Leo schüttelte den Kopf. »Nein. Ihr habt ihn verbannt, aber nicht vernichtet. Das ist aber gar nicht das Problem. Das Problem ist die Kontaktaufnahme. Er ist ein hochrangiger Dämon und damit sehr schwer zu beschwören.«

»Warum sollte er uns überhaupt helfen?«, wollte Piper wissen. »Wir können derzeit keinen unbeobachteten

Schritt machen und damit sind wir praktisch machtlos. Es gibt keinen Grund für ihn, sich mit uns einzulassen.«

In diesem Moment bebte die Verandatür. Zuerst dachten Piper, Prue und Leo, ein Dämon hätte zum Großangriff geblasen. Der zweite Gedanke galt den Reportern – würde einer von ihnen so verrückt sein, den Wagen direkt in das Haus der Halliwells zu steuern.

Stattdessen flog die Verandatür durch einen zweiten Stoß auf und eine blonde junge Frau stolperte herein. Sie sah sich begeistert um. »Wow! Ich hab's tatsächlich geschafft!«

Piper war die Erste, die wieder ihre Fassung fand. »Wer zum Teufel sind Sie?«

Die junge Frau blickte die Schwestern verständnislos an. »Ich bin Alice. Alice Hicks. Ich habe versucht, Kontakt zu euch aufzunehmen. Ich will eurem Hexenkreis beitreten!«

»Sind Sie denn völlig durchgeknallt?«, rief Prue erbost. »Das ist unser Zuhause. Raus hier!«

Mit einer kurzen Handbewegung warf sie Alice wortwörtlich zur Tür hinaus und schloss diese dann auch gleich wieder. Nur ein knappes »Autsch!« war zu hören, als die Nachwuchshexe auf dem Gras im Vorgarten aufschlug.

Daryl kam aus der Küche gerannt – ungefähr drei Sekunden zu spät. Er hatte die Geräusche gehört, aber es war schon alles vorbei. »Was ist?«, fragte er verwirrt.

»Wir haben alles im Griff«, murmelte Piper.

»Das bringt das Fass zum Überlaufen«, entschied Prue. »Unser Leben ist vorbei, wenn wir dem Chaos keinen Riegel vorschieben.«

Alice Hicks war enttäuscht. Tränen liefen ihre Wangen hinunter.

Sie wollte doch so gerne eine Hexe sein!

Sie hatte alle Bücher gelesen, alle Zaubersprüche ausprobiert, sich trotz ihrer Allergie eine Katze angeschafft und sich ein keltisches Symbol auf den Po tätowieren lassen.

Alles umsonst!

Schluchzend bahnte sie sich ihren Weg durch die Menge. Einige Reporter hielten ihr Mikrofone hin.

»Was ist da drin passiert?«

»Hat man Sie für einen Dämon gehalten? Oder nur für einen Witz?«

Ein Witz? So fühlte sich Alice gerade.

»Es sind gemeine Hexen«, stieß sie beleidigt hervor.

»Okay, wie nehmen wir Kontakt zu Tempus auf?«, fragte Piper.

»Das dürfte schwierig werden«, antwortete Prue. »Er ist ein hochrangiger Dämon, eine einfache Beschwörung wird da nicht reichen.«

»Leo, kannst du ›unten‹ nach ihm suchen?«, wollte Piper wissen.

Leo nickte. »Klar.«

»Dann schau dich doch auch gleich mal nach Phoebe um«, schlug Prue vor. »Wir könnten sie gebrauchen.«

Leo nickte erneut, machte aber keine Anstalten, sich zu entmaterialisieren.

»Ist noch was?«, fragte Piper.

»Wenn ich ›unten‹ bin«, gab Leo zu bedenken, »habt ihr keine Möglichkeit, mit mir Verbindung aufzunehmen, falls es Schwierigkeiten gibt.«

»Noch mehr Schwierigkeiten, als wir jetzt schon haben?«, hielt Piper dagegen. »Kaum vorstellbar. Also los – aber sei vorsichtig.«

Sie küsste ihren Ehemann noch einmal und er löste sich in einem Funkenregen auf.

Piper warf einen erneuten Blick auf den Stapel der Fax-Anfragen in ihrer Hand. Sie sollten doch zumindest ein wenig Spaß haben, bevor die Zeit zurückgedreht wurde. »Also, was meinst du – Larry King oder Oprah Winfrey?« Sie sah Prues Gesichtsausdruck. »King ist zu politisch. Also Oprah.«

Als Hexen bei Amerikas beliebtester Talkmasterin – das würde ein Hammer werden.

Phoebe hatte noch weitere Kerzen angezündet, um ein bisschen Licht in diese Teufelswelt zu bringen. Es passte ihr nicht, dass Cole meinte, in der Welt des Lichts gefährdet zu sein. Sie konnte sich zwar vorstellen, ein paar Tage hier unten zu verbringen, aber doch nicht den Rest ihres Lebens – ohne Kino, Disko und hochhackige Schuhe? Unmöglich. Außerdem stand sie kurz vor ihrem Schulabschluss. Sie hatte noch einiges vor in ihrem Leben.

Aber sie vertraute darauf, dass es ihr gelingen würde, Cole davon zu überzeugen, ein normales Leben führen zu können. So wie die Zauberhaften auch.

Sie hörte seine Schritte, aber sein Gesichtsausdruck verhieß nichts Gutes. »Phoebe, du musst hier weg.«

»Du meinst, wir müssen hier weg?«, entgegnete sie, auch wenn ihr klar war, was er meinte.

Er schüttelte den Kopf. »Es ist zu gefährlich für dich. Etwas Schlimmes ist passiert und ich habe darauf keinen Einfluss.«

»Was?«

»Ich weiß es selbst nicht genau«, gab Cole zu, »aber es muss wichtig sein, denn die *Quelle* selbst ist gekommen.«

»Was?«, keuchte Phoebe atemlos. »Die *Quelle* ist hier? In diesem Moment?«

Cole nickte knapp. »Darum musst du fort von hier.«

Das war sogar Phoebe klar.

Jetzt hörte sie ein vertrautes Geräusch. Eines, das sie nicht erwartet hatte. Es war ein helles Klingeln. Und da war auch schon der Funkenregen.

Es war Leo.

»Was machst du hier?«, fragte Cole ihn mit unverhohlener Ablehnung.

»Ich versuche, meine Familie zu retten«, antwortete der *Wächter des Lichts*. »Phoebe, Prue und Piper sind vor der ganzen Welt als Hexen geoutet worden. Es sieht nicht gut aus.«

»Was? Wie konnte das geschehen?« Phoebe war völlig aufgelöst.

»Das ist jetzt nicht so wichtig. Aber wir brauchen deine Hilfe, um die Dinge wieder in Ordnung zu bringen.« Er drehte sich zu Cole. »Und deine auch.«

»Meine?«, fragte Cole überrascht.

»Du musst Tempus rufen und ihn dazu bringen, das Rad der Zeit zurückzudrehen.«

»Unmöglich«, stotterte Cole, »das kann ich nicht!«

Sich mit einem übermächtigen ›Vorgesetzten‹ anzulegen war ein Fehler, den kein Dämon bereitwillig machen wollte.

»Es ist die einzige Möglichkeit«, beharrte Leo.

»Ich habe nicht die Macht, Tempus zu rufen«, entgegnete Cole.

»Aber du kennst jemanden, der sie hat«, murmelte Phoebe leise. Ihr war klar, dass dieser Vorschlag alles zerstören konnte.

Cole konnte sich ein bitteres Lachen nicht verkneifen. »Ihr verlangt von mir, dass ich die *Quelle* bitte, weißen Hexen zu helfen?«

»Es geht nicht nur um die Hexen«, widersprach Leo, »die ganze Dämonenwelt steht im Rampenlicht, und das kann auch nicht in eurem Interesse sein. Deswegen ist die *Quelle* ja auch hier. Die Zeit zurückzudrehen, würde alle

Probleme lösen. Mach ihm das klar – lass ihn denken, dass er damit seine Probleme lösen kann.«

Cole dachte nach. Er schien nicht überzeugt. Sein Blick fiel auf Phoebe. »Das ist Selbstmord.«

Dann drehte er sich um und machte sich auf den Weg.

Für Cole war es kein Problem, durch die Dunkelheit dieser Dimension seinen Weg zu finden. Er brauchte seine Augen nicht, um sich zu orientieren. Der Schwefelgeruch, die Schreie der Verdammten, die Flammen der Hölle – sie wiesen ihm den Weg zur *Quelle*.

Ein Wächter stellte sich ihm in den Weg. Er war muskelbepackt und in schweres Leder gekleidet. Cole warf ihm einen Blick zu – und wurde durchgelassen.

Der Staatsanwalt mit der Dämonenseele wusste um die Regeln, die hier unten herrschten. Er zog die Kapuze seiner Kutte über. Man trat der *Quelle* nicht entblößt entgegen.

Trotz der Dunkelheit waren die Umrisse der *Quelle* zu erkennen. Unter der Kutte war kein menschlicher Körper. Schleimige Tentakel blitzten auf, reptilienartige Lederhaut. Aber in der Dunkelheit ergaben die Details kein Bild, die *Quelle* musste ein monströses Geschöpf sein.

»Ich habe die Kunde vernommen und nun will ich wissen – sind wir entlarvt worden? Weiß die Welt der Menschen von unserer Existenz?«, fragte Cole.

»Was geht es dich an?«, zischelte die *Quelle*.

»Ich weiß vielleicht eine Lösung«, entgegnete Cole. »Die Kräfte von Tempus ...«

»... sind immer noch von seinem letzten Versuch, die Zeit zurückzudrehen, geschwächt«, unterbrach ihn sein Meister. »Wenn er es noch einmal tut, wird er sterben.«

»Haben wir eine andere Wahl?«, hielt Cole dagegen.

Die *Quelle* knurrte und fauchte. Cole ahnte, dass er zu weit gegangen war. »Vergib mir.«

»Für deinen Verrat? Niemals!«, bellte die *Quelle*. »Ich weiß von deinen Qualen, Balthasar. Ich weiß von der Hexe. Und dass du wegen ihr hergekommen bist. Ich weiß alles.«

Der Dämon machte eine bedeutungsschwangere Pause. »Tempus wird tun, was du vorgeschlagen hast. Doch es gibt eine Bedingung – deine Hexe muss sich zu uns bekennen. Sie muss eine von uns werden!«

»Das wird sie niemals tun«, antwortete Cole tonlos.

»Auch nicht, wenn sie damit eine ihrer Schwestern retten kann?«, stocherte die *Quelle* nach.

»Eine der Schwestern wird sterben?«, fragte Cole ungläubig.

»Warte ab«, kam es vage zurück.

Immer mehr Nachrichtenwagen, immer mehr Schaulustige und immer mehr Plakate mit absurden Aufschriften. Mittlerweile hatten sich Hare Krishnas und Grufties unter die Menge gemischt. Es wurde immer bizarrer.

»Ich habe keine Ahnung, warum wir das machen«, ächzte Piper, während sie Prue half, einen Gartentisch vor die Verandatür zu schieben. »Wenn die Zeit zurückgespult wird, ist es unnötig. Und wenn nicht, wird es auch nicht helfen.«

»Dann sollten wir uns vielleicht mal Gedanken machen, was denn helfen würde«, antwortete Prue. »Wenn Leo es nicht schafft, müssen wir uns was einfallen lassen.«

»Kein Problem, wir geben Interviews, werden Stars, bekommen Verträge in Hollywood, leben reich und glücklich, bis die CIA kommt und uns auseinander schnippelt.«

»Du solltest über so etwas keine Witze machen«, meinte Prue.

»Wer macht denn Witze?«, gab Piper ernst zurück.

»Ich auf jeden Fall nicht«, sagte Prue. »Ich habe Angst. Und du solltest auch Angst haben. Unser Leben, alles, wofür wir gearbeitet haben, könnte wegen eines dummen Fehlers endgültig vorbei sein. Unsere Zukunft, unsere Bestimmung – einfach so.«

Um ihr Argument zu verdeutlichen, schnippte sie mit den Fingern.

Doch das Geräusch war nicht zu hören.

Es wurde übertönt.

Von einem Schuss.

Prue erschrak.

Piper zuckte zusammen.

»Was war das?«, fragte Prue.

Doch ihre Schwester gab keine Antwort. Erst jetzt sah Prue den hässlichen Fleck. Rot, sich ausbreitend wie Rotwein aus einem umgeschütteten Glas – direkt auf Pipers Bluse.

Sie war getroffen worden!

Langsam kippte sie nach vorn, in die Arme ihrer älteren Schwester.

»Piper?«, fragte Prue entgeistert.

Sie spürte den Körper ihrer Schwester in ihren Armen zusammensacken, aber es war ihr unmöglich das, was sie sah, zu verarbeiten.

Prue Halliwell schloss die Augen.

Das konnte nicht wahr sein.

Das durfte nicht wahr sein.

Doch an ihren Händen spürte sie das warme Blut.

Leise hörte sie von draußen die kreischende Stimme der blonden jungen Frau mit dem großen Präzisionsgewehr. »Ich habe sie erwischt! Ich habe die gemeine Hexe erwischt!«

Die Stimme erstarb erst, als Polizisten die Möchtegern-Hexe überwältigten.

Pipers Körper wurde schwer. Zusammen mit ihrer

Schwester rutschte Prue auf den Boden. Sie strich Piper über die Stirn. »Es wird schon werden, Kleines.«

Die Worte kamen instinktiv und sie standen im Widerspruch zu dem, was Prue gerade erlebt hatte.

»Leo?«, schrie sie verzweifelt. »LEO!!!«

Wo war er denn? Seine Frau war verletzt und wenn sie jemals seine Heilkräfte gebraucht hatten, dann jetzt!

Sie wuchtete den Körper ihrer Schwester hoch. Es war keine Zeit zu verlieren.

Es gelang ihr, Piper aus dem Haus zu bringen und in den BMW zu wuchten. Gott sei Dank hatte die Polizei mittlerweile das Grundstück abgeriegelt. Die Reporter mussten hinter der Absperrung bleiben.

»Was ist geschehen, Miss Halliwell?«

»Ein missglückter Zauber?«

Vorsichtig legte Prue den Körper ihrer Schwester auf den Rücksitz und stieg vorne ein.

Sie startete den Wagen, doch hinter der Absperrung war der Weg versperrt.

Reporter, Polizeiwagen, Schaulustige – keine Chance.

Prue hupte.

Sie winkte mit den Armen.

Sie schrie.

Doch niemand machte Platz.

Mühsam drückte sich Prue Halliwell aus der Fahrertür.

»Verschwindet doch endlich! Meine Schwester ist verletzt!«

Die Aussicht auf eine weitere Sensation im »San Francisco Hexen-Fall« peitschte die Journalisten nur noch mehr auf. Dutzende von Mikrofonen zeigten wie anklagende Finger auf Prue, der die Tränen das Gesicht hinunterliefen.

Piper würde sterben.

Wie durch einen dichten Nebel nahm Prue ihre Umgebung wahr. Gedämpft drangen die Stimmen zu Prue durch. Alles um sie herum löste sich auf.

Sie fasste eine Entscheidung.

Mit einer mächtigen Handbewegung fegte sie die Reporter, die vor ihr standen beiseite. Sie nahm keinerlei Rücksicht mehr. Fast zwanzig Meter weit wurden die Körper durch die Luft geschleudert, bis sie gegen einen Lieferwagen krachten.

Die Menschen zeigten zunächst keine Reaktion. Erst als Prue mit zwei weiteren Handbewegungen sich den Weg bahnte, ging einigen ein Licht auf.

Man sollte keine Hexe reizen.

Panik brach aus.

Chaos.

Armageddon.

In alle Richtungen flüchteten die Reporter. Sie rannten um ihr nacktes Leben.

Prue schob mit all ihrer geistigen Kraft auch ein paar Fahrzeuge aus dem Weg, die knirschend ineinander krachten.

Das ganze Spektakel dauerte nur wenige Sekunden. Dann war der Platz vor dem Haus endlich frei.

Prue Halliwell stieg in ihren Wagen und fuhr los.

5

*E*s WAR WIE IN DER FERNSEHSERIE ›Emergency Room‹, dachte Prue.

Aber das hier war keine Fernsehserie.

Die Ambulanz, die Trage, die Sanitäter, die Hektik bei der Einlieferung ins Memorial Hospital – das hier war echt. Das Blut war echt. Und ihre sterbende Schwester war echt.

Die Sanitäter arbeiteten effizient und zügig. Kaum fünf Sekunden nach der Ankunft befand sich Piper schon auf dem Weg zum OP.

»Wo ist Doktor Griffith?«, rief Prue. »Er müsste doch schon längst hier sein!«

Sie hatte explizit nach ihm verlangt. Irgendwie ahnte sie, dass er durch eine seltsame Schicksalsbindung mit dieser Sache zu tun hatte.

Endlich erschien der kleine, gedrungene Arzt auf dem Gang.

»Was ist passiert?«, fragte er knapp.

»Irgend so eine Wahnsinnige vor unserem Haus«, stotterte Prue.

»Wie ist der Status?«

Das galt den Schwestern.

»Puls bei 70, sehr schwach«, kam die Antwort.

Krachend wurde die Liege durch die Doppeltür zum OP gestoßen. Danach wurde Pipers lebloser Körper mitsamt dem Laken, auf dem er lag, auf den Operationstisch gehoben.

Prue lehnte sich gegen die Wand. Sie bekam kaum noch etwas mit. Die Tränen strömten über ihre Wangen und die Anstrengung forderte ihren Tribut. Ihre Knie sackten weg.

Nicht sterben, Piper, nicht sterben.

»Einschusswunde über dem Abdomen«, urteilte Dr. Griffith sofort.

Pipers Oberkörper begann zu zucken.

»Die Lungentätigkeit setzt aus!«, rief Griffith. »Ich brauche sofort künstliche Beatmung!«

»Leo!«, schrie Prue.

Aber Pipers Ehemann konnte sie nicht hören.

»20 Milliliter Atrophin und eine Einheit Adrenalin«, orderte Griffith. Seinem Gesichtsausdruck nach war es die letzte Hoffnung. Man hatte Piper die Bluse aufgeschnitten, um besser an die Wunde zu kommen. Durch einen Schleier von Tränen sah Prue den lavendelfarbenen BH, den sie Piper zu ihrem letzten Geburtstag geschenkt hatte.

Ein Katheder wurde gelegt. Durch das Adrenalin kam Piper wieder kurz zu Bewusstsein. Ihr Blick flackerte. Prue ergriff sofort die blutverschmierte Hand ihrer Schwester.

»Da ... geht ... doch was ... schief«, röchelte Piper.

»Nicht sterben«, bettelte Prue, »bloß nicht sterben!«

Die nächsten Worte waren kaum noch zu verstehen: »Ich ... mir ist ... so kalt ... und meine Beine ... was ist mit meinen Beinen?«

»Bitte nicht, Kleines, bitte nicht«, schluchzte Prue und drückte die Hand ihrer Schwester so fest sie nur konnte.

»Ich ... liebe ... dich«, flüsterte Piper.

Und in diesem Moment meldete das EKG Herzstillstand.

Es war dieser gleichförmige Ton, den man schon in tausend Filmen gehört hatte. Dieses Summen, das kein Herzschlag mehr unterbrach.

Das Ende.

»Ich brauche die Elektroschocker«, schrie Griffith und ein Assistent fuhr sofort die kühlschrankgroße Apparatur mit den zwei Elektro-Pads an den gedrehten Kabeln herein. Eine Krankenschwester bestrich sie mit Gel und Griffith setzte sofort an. Ein Sanitäter zog Prue weg, damit sie von der Ladung nichts abbekam.

»Zur Seite!«

Die Voltladung schoss durch Pipers Körper, der sich aufbäumte. Doch das Geräusch des EKGs blieb gleich.

»Aufladen! Noch einmal!«, rief Griffith.

Zweiter Versuch.

Prue schlug die Hände vors Gesicht.

Kein Zucken auf dem EKG.

Einen Moment lang schienen alle Aktivitäten im OP einzufrieren.

Dann fiel Dr. Griffiths Stethoskop auf den Boden.

Er hob es nicht auf.

Sein Blick fand den von Prue.

»Es tut mir Leid«, sagte er tonlos.

Prue spürte nicht, wie sie schluchzend am OP-Tisch zusammenbrach. Sie ergriff die Hand ihrer Schwester, die immer noch warm war.

Ihr fiel auf, dass Pipers leere Augen noch immer gegen die Decke starrten. Zitternd schloss Prue ihrer Schwester die Lider.

Die Sanitäter, Krankenschwestern und Ärzte standen etwas unschlüssig herum. Als Prue merkte, dass sie angestarrt wurde, schrie sie: »Raus! Alle raus hier!«

Sie wollte noch mehr sagen, aber ihre Stimme brach.

Es war einfach keine Kraft mehr in ihr.

Endlich war sie allein mit ihrer Schwester.

Endlich allein.

Phoebe sprang auf, als sie die Schritte ihres Freundes hörte. Zusammen mit Leo kam sie ihm entgegen. Doch Coles Gesichtsausdruck war düster.

»Was ist los?«, wollte Phoebe sofort wissen.
»Er weiß es«, murmelte Cole, »er weiß alles. Über dich. Über mich.«
»Und was bedeutet das?«, fragte Phoebe skeptisch.
»Er bietet uns ein Geschäft an«, sagte Cole offensichtlich widerwillig. »Er wird Tempus befehlen, die Zeit zurückzusetzen – wenn du hier bleibst.«
»Hier unten?«, fragte Leo ungläubig. »Das ist doch verrückt!«
»Leider nein«, entgegnete Cole.
»Wir sind vielleicht verzweifelt, aber so verzweifelt nun auch wieder nicht«, winkte Leo ab.
Doch Phoebe schwante Böses. »Warum denkt er, dass ich so ein Angebot annehmen würde?«
Cole kämpfte sichtlich mit der Antwort. »Weil es die einzige Möglichkeit ist, eine deiner Schwestern ins Leben zurückzuholen.«
Phoebe hielt den Atem an.
Sie hatte seit einiger Zeit keinen Kontakt mehr zu Piper und Prue, weil das schwesterliche Band nicht bis in dämonische Dimensionen reichte.
»Was soll das heißen?«
»Es ist ein Trick«, knurrte Leo, »er will uns reinlegen.«
»Ich wünschte, es wäre so«, flüsterte Cole.
Und das erste Mal war Phoebe entsetzt, weil er die Wahrheit zu sagen schien.

Prue hatte die Katheder und Geräte von Pipers Körper entfernt und saß nun leise schluchzend neben dem toten Leib ihrer Schwester.
Das konnte es doch nicht gewesen sein.
Das konnte doch nicht das Ende der Zauberhaften sein!
Eine Schwester verschollen in einer Höllendimension,

die andere tot – ermordet durch die Kugel einer wahnsinnigen Möchtegern-Hexe.

Es war zu schrecklich, um darüber nachzudenken.

Die Schwingtür zum OP ging auf.

Vermutlich eine Schwester, die aufräumen sollte. Es gab schließlich noch mehr Patienten, die versorgt werden mussten. Und immer wieder neue Notfälle.

Doch es war keine Schwester. Es war ein Mann. Und er trug einen Helm. Unter dem Arm klemmte ein Schnellfeuergewehr, sein ganzer Körper steckte in einer gepanzerten Uniform.

Der Typ war von einer Spezialeinheit!

»Lassen Sie die Hände einfach da, wo ich sie sehen kann«, sagte er im ruhigen Tonfall.

Durch die Sichtscheiben der Flügeltür konnte Prue weitere Sondereinheiten erkennen, die draußen Stellung bezogen hatten.

Sie stand auf.

Ganz ruhig, ohne jegliche Emotion.

»Stehen bleiben«, sagte der Polizist.

Prue machte einen Schritt auf ihn zu.

»Ich fordere Sie noch einmal auf, stehen zu bleiben«, sagte er und eine Vibration in seiner Stimme verriet Nervosität.

Prues Handbewegung war schneller als sein Finger am Abzug. Erst die Wand des OPs hielt seinen Flug auf. Den Sturz auf den Boden erlebte er nicht mehr bei Bewusstsein.

Die anderen Männer versuchten nun, den OP direkt zu stürmen. Prue ließ sie kaum durch die Schwingtür kommen, dann nutzte sie ihre telekinetischen Kräfte, um die Tür mit ganzer Kraft zuzustoßen. Die Männer wurden regelrecht erschlagen, keiner von ihnen konnte danach wieder aufstehen.

Mit einer schnellen Bewegung schnappte sich Prue

einen Katheder-Halter und verriegelte damit die Tür. Dann schaltete sie das Licht aus.

Sie ging wieder zum OP-Tisch, als sich Leo plötzlich im Raum materialisierte.

Das Erste, was Leo sah, war seine verheulte, dreckige, und blutüberströmte Schwägerin. Entsetzen stand in seinen Augen geschrieben.

»Sie haben sie ermordet, Leo.«

Langsam drehte sich der *Wächter des Lichts* zum Operationstisch um.

»Sie denken, wir sind die Bösen«, flüsterte Prue.

Alles, woran *die Zauberhaften* je geglaubt hatten, war zerstört.

Leo beugte sich langsam über den Körper seiner Frau. Tränen schossen in seine Augen. »Piper! Oh mein Gott, Piper.«

Seine Stimme war kaum mehr als ein Schluchzen. Er küsste sie zart auf die Stirn.

Prue hatte Leo unglücklich, verzweifelt und enttäuscht erlebt, aber dieser Moment war anders. Leo war ein Mann, dessen Welt gerade zusammengebrochen war, dessen Leben tot vor ihm auf einer Bahre in einem sterilen OP lag.

»Kannst du ihr helfen?«, fragte Prue gefasst.

Leo sah sie an. Prue konnte sehen, dass er etwas auf dem Herzen hatte. Etwas, von dem sie nichts wusste.

»Was ist?«, schrie sie hysterisch.

Und Leo verschwand ohne ein Wort.

Prue strich ihrer Schwester über die Haare. »Keine Sorge, Kleines. Er wird das schon in Ordnung bringen.«

Sie hoffte es selbst.

Phoebe starrte völlig regungslos in das Kerzenlicht. Cole stand hinter ihr. Sie sprachen nicht, bis sie die schreckliche Gewissheit hatten.

Leo erschien.

Phoebe sah ihn an.

Die Antwort auf ihre unausgesprochene Frage stand in seinem Gesicht geschrieben.

»Piper«, flüsterte Phoebe und eilte zu Leo, um ihn in den Arm zu nehmen.

Der *Wächter des Lichts* brach völlig in sich zusammen. Er weinte hemmungslos, und Phoebe spürte wie durch das salzige Wasser seiner Tränen ihre Bluse feucht wurde.

Selbst Cole schlug die Augen nieder.

»Du musst das nicht tun«, schluchzte Leo.

Phoebe weinte jetzt ebenfalls. »Doch, das muss ich«, sagte sie und drehte sich zu Cole herum. »Wird das Zurückdrehen der Zeit auch hier unten Folgen haben?«

»Nein«, flüsterte Cole.

»Ich habe eine Bedingung«, erklärte Phoebe gefasst. »Du wirst Prue und Piper warnen, bevor der dämonische Killer angreift. Sonst sterben sie.«

Cole nickte vorsichtig. Aus dem Augenwinkel warf er einen fragenden Blick zu der unförmigen Gestalt, die sich nun in das Blickfeld schob. Es war die *Quelle.*

»Einverstanden«, knurrte die grässliche Gestalt, nur um sich dann gleich wieder in die Dunkelheit zurückzuziehen.

Phoebe atmete tief ein.

Damit war es entschieden. Sie würde zur dunklen Seite übertreten, um ihre Schwestern zu retten.

Sie konnte nicht sehen, wie die *Quelle* sich mit ihrem muskulösen Handlanger besprach.

Sie hörte nicht den Befehl, sie sofort nach dem Zurückdrehen der Zeit zu töten.

Und sie erkannte nicht, dass ihr Tod genau das war, was die *Quelle* brauchte, um Cole wieder auf ihre Seite zu ziehen ...

Prue hatte eine Decke über den Körper ihrer toten Schwester gelegt. Sie wusste, dass ihr nicht mehr viel Zeit blieb. Die Sondereinheiten postierten wahrscheinlich schon in diesen Sekunden Scharfschützen vor dem OP, um sie zu erledigen. Dafür mussten sie nicht einmal freies Sichtfeld haben – diese modernen Suchgeräte konnten ihre Körperwärme auch durch Wände hindurch erfassen. Wenn das Projektil stark genug war, würde es das Holz durchschlagen und sie augenblicklich töten.

Prue fiel auf, dass der Gedanke an den Tod ihr keine Angst machte.

Sie hatte alles verloren. Ihre Schwestern, Andy und die Gnade der Unwissenheit, was die andere Seite betraf.

Vielleicht war es besser so.

Vielleicht war es so bestimmt gewesen.

Prue Halliwell war eine Hexe. Sie war in der Lage, Dinge zu tun, die normale Menschen sich kaum vorstellen konnten.

Vielleicht hörte sie deshalb den Schuss.

Vielleicht nahm sie deshalb die Kugel aus dem Augenwinkel wahr, die mit Überschallgeschwindigkeit auf ihren Kopf zuraste.

Und vielleicht, aber nur vielleicht, hörte sie deshalb auch die Stimme der *Quelle*, wie sie den Dämon Tempus anwies: »Jetzt!«

6

»WORUM GEHT ES HIER ÜBERHAUPT?«, fuhr Doktor Griffith dazwischen. Die Schwestern hatten ihn völlig vergessen. »Erst unterbrechen Sie mich bei meiner Arbeit. Dann erzählen Sie mir, mein Leben sei in Gefahr! Und nun reden Sie von Dämonen und Flüchen! Wer sind Sie überhaupt?«

Piper atmete scharf ein. Wow, der Typ war sauer!

»Ich weiß, das ist jetzt schwer zu glauben«, begann Prue vorsichtig, »aber deswegen ist es trotzdem wahr. Sie sind ein Heiler und entweder haben Sie zu viele Menschen geheilt oder Sie werden jemanden heilen, den die andere Seite lieber auslöschen würde.«

»Die andere Seite?«, fragte Griffith ungläubig.

»Dämonen«, bestätigte Prue ungerührt. »Genauer gesagt geht es um Shax, der als Killer für einen bösen Zauberer arbeitet.«

Der Arzt atmete tief durch. Dann lachte er unsicher: »Jetzt verstehe ich – das Ganze hier ist ein Scherz, oder? Irgendwo sind versteckte Kameras und Sie sollen mich reinlegen, richtig? Steckt meine zweite Ex-Frau dahinter? Das sieht ihr ähnlich!«

Prue hob abwehrend die Hände. »Dr. Griffith, ich kann Ihnen versichern, dies ist kein ...«

Sie erschauderte und brach ihren Satz ab.

»Was ist los?«, wollte Piper wissen.

»Keine Ahnung«, murmelte Prue fröstelnd, »das war wie ein eiskalter Luftzug.« Sie wandte den Blick nach oben. »Phoebe?«

Keine Antwort.

Wo war die denn schon wieder?

»Sie sollte sich beeilen«, flüsterte Prue noch, aber es war bereits zu spät.

Shax kam!

Die Tür des Hauses wurde von einem Windstoß aufgerissen, und ein Tornado flog laut brausend herein. Die wirbelnden Luftmassen warfen die beiden Hexen-Schwestern zu Boden. Griffith gelang es gerade noch, sich gegen eine Wand zu drücken. »Grundgütiger«, murmelte er entgeistert.

Der Sturm legte sich und Shax nahm seine physische Gestalt an, die wahrlich kein schöner Anblick war. Er war fast zwei Meter groß, langhaarig, muskelbepackt und trug eine grob gestrickte Hose über dem ansonsten nackten Körper. Abgesehen davon war er völlig grau. Grau von den Haaren bis zu den Zehennägeln, inklusive der Haut und Pupillen.

Er grinste böse und schoss aus seinen Händen einen Strahl tödlicher Dämonenenergie in Richtung des vor Entsetzen erstarrten Doktors.

»Nein!«, schrie Prue und warf sich todesmutig dazwischen. Leider war keine Zeit gewesen, irgendwelche magischen Tricks anzuwenden.

Die Wucht der Energie traf sie mitten in die Brust. Fünf Meter weit wurde sie quer durch den Flur geworfen, bis sie krachend die hölzerne Hauswand durchbrach und auf der Veranda aufschlug.

»Prue!«, rief Piper besorgt, aber damit zog sie nur die Aufmerksamkeit des Dämons auf sich. Sie war kaum auf den Füßen, als ein weiterer Energiestrahl sie direkt ihrer Schwester hinterherschickte. Ein weiterer Teil der Hauswand musste dran glauben. In einem Regen aus Holzsplittern krachte Piper kaum einen Meter von Prue entfernt auf den Boden. Auch bei ihr machte sich gnädige Ohnmacht breit.

Langsam drehte sich Shax zu Doktor Griffith um, der immer noch wie angewurzelt an seinem Platz stand.

»Was bist du?«, stotterte Griffith.

»Das Ende«, knurrte Shax und bewies sogleich, was er damit meinte. Seine mächtige Hand schloss sich um Doktor Griffiths Hals und mit einem hässlichen Knacken brach er seinem Opfer das Genick, nur um den Körper dann wie eine langweilig gewordene Puppe wegzuwerfen.

Shax sah sich um.

Auftrag ausgefüllt.

Er verschwand.

»Ist es geschehen?«, fragte Phoebe unsicher. Es beunruhigte sie, dass sie keine Verbindung zur Dimension der Menschen hatte.

Leo hob den Kopf wie ein Hund, der nach etwas schnüffelte. Dann nickte er. »Ja, Tempus hat die Zeit zurückgedreht.«

Das war eine gute Nachricht. Es bedeutete, dass Piper wieder lebte, und dass das Geheimnis *der Zauberhaften* sicher war.

Aber es bedeutete auch, dass Phoebe nun für alle Zeiten den Mächten des Bösen ausgeliefert war.

Sie warf einen Blick zu Cole. Obwohl er bekommen hatte, was er wollte, schien er ebenfalls nicht glücklich zu sein. Phoebe wusste warum: Cole liebte sie wirklich, aber er wollte sie nur dann an seiner Seite wissen, wenn sie sich aus eigenen Stücken zu diesem Schritt entschied.

Zuerst dachte Phoebe, die Dunkelheit würde ihr einen Streich spielen, aber dann erkannte sie den Handlanger der *Quelle*, der hinter Coles Rücken auftauchte.

Mit der schwarzen Keule in der Hand sah er nicht danach aus, als wolle er ›Guten Tag‹ sagen.

Binnen eines Sekundenbruchteils war ihr klar, was geschehen war: Die *Quelle* wollte nicht nur Phoebes Loyalität, sie wollte Phoebes Leben! Der Handel war nur ein Täuschungsmanöver gewesen!

»Cole!«, schrie sie aus voller Lunge.

Ihr Freund sah sie überrascht an und erkannte, dass ihr

Blick an ihm vorbeiging. Mit einer fast nicht zu erkennenden Bewegung tauchte er zur Seite ab.

Die Keule des Angreifers schlug mit voller Wucht in den Boden. Steinsplitter spritzten auf.

Phoebe verfluchte wieder einmal die Tatsache, dass ihre Hexenkräfte nur aus Visionen bestanden.

Cole machte eine halbe Drehung und packte den Arm seines Gegners. »Ich hätte es wissen müssen«, knurrte er.

Die beiden Männer begannen, miteinander zu ringen. Hier unten waren ihre magischen Fähigkeiten von untergeordneter Bedeutung, keiner hatte einen Vorteil.

»Leo«, schrie Cole, »bring Phoebe hier raus!«

Leo stellte sich sofort neben seine Schwägerin. Er nickte. Doch mit einer Handbewegung stoppte Phoebe ihn. »Kommt nicht in Frage! Wir müssen Cole helfen!«

»Phoebe, wenn wir nicht sofort verschwinden, wird die *Quelle* zurückkehren!«, warnte Leo eindringlich. »Und ich kann dich nicht vor ihr beschützen.«

»Geh endlich!«, schrie Cole, und es sah so aus, als würde er im Kampf unterliegen. »Ich liebe dich, und ich werde dich wieder finden!«

»Wir müssen nach Prue und Piper sehen!«, drängte Leo. Er machte sich sichtlich Sorgen um seine Frau.

Phoebe war hin- und hergerissen. Sie liebte Cole. Aber nun ging es um mehr. Es ging um das Schicksal der Zauberhaften. Und um das Leben von Unschuldigen.

Ein letztes Mal traf ihr Blick den von Cole. Sie konnte dem Flehen in seinen Augen nicht länger standhalten.

Sie packte Leo am Arm. »Bring mich heim.«

Das Letzte, was sie sah, war Cole, wie er mit dem dämonischen Handlanger zu Boden stürzte.

»Piper? Prue?«, rief Phoebe vorsichtig.

Leo hatte sie und sich selbst auf den Dachboden teleportiert, an die Stelle, an der Phoebe das Zeitkontinuum verlassen hatte.

Keine Antwort.

»Wir müssen runtergehen«, murmelte Phoebe.

Leo nickte ernst.

Niemand konnte ahnen, was sie im Wohnzimmer vorfinden würden.

Es war beängstigend still im Halliwell-Haus. Phoebe hatte gehofft, zumindest die Stimmen ihrer Schwestern zu hören, nachdem sie den Dämon besiegt hatten. Und vielleicht die Stimme von Doktor Griffith, dem sie das Leben gerettet hatten.

Nichts.

Phoebe und Leo erreichten die Treppe.

Die Spuren des Kampfes gegen Shax glichen dem Bild aus ihrer Erinnerung.

Bis auf die Leiche von Doktor Griffith.

»Oh nein«, flüsterte Phoebe und stürmte nun die letzten Stufen hinunter.

Da war was schief gegangen!

Wieso war Doktor Grffith nicht von ihren Schwestern gerettet worden?

Sie beugte sich zu dem leblosen Körper hinunter.

Er war tot.

Das Leben eines Unschuldigen war verloren!

»Piper!«, hörte Phoebe nun Leos verzweifelten Schrei. Sie drehte sich um und sah gerade noch, wie der *Wächter des Lichts* durch die Löcher in der Hauswand nach draußen stürmte. Sie folgte ihm.

Wie schon vor zwei Tagen – die zwei Tage, die inzwischen ausgelöscht waren – fand Phoebe ihre Schwestern reglos auf der Veranda liegen. Piper sickerte ein Blutstropfen aus dem Mund und unter Prue hatte sich eine hässliche Lache gebildet.

Leo wusste, was er zu tun hatte. Er legte seine Hände

über die leblosen Körper der Frauen, und das Glühen in seinen Fingern zeugte von seinen magischen Kräften.

Phoebe stockte der Atem.

Leo war ein Heiler.

Es würde alles gut werden.

Es war ja auch beim letzten Mal alles gut gegangen.

Sie versuchte, nicht daran zu denken, dass aber beim letzten Mal Doktor Griffith überlebt hatte.

Leo verstärkte seine Heilkräfte. Seine Hände strahlten hell, und in seinem Gesicht spiegelte sich die Anstrengung.

Mit einem Husten kam Piper wieder zu sich. Sie schlug die Augen auf.

Phoebe lächelte.

Na also!

Doch Leos Gesichtsausdruck änderte sich nicht. Er nahm die rechte Hand, die nun frei war und hielt sie über die älteste der Halliwell-Schwestern.

»Prue«, flüsterte Phoebe.

»Prue?«, krächzte nun auch Piper, während sie sich aufstützte.

Leos Hände begannen zu zittern. Er legte immer mehr Energie hinein, um das Leben in Prues Körper zurückzuholen.

Phoebe fühlte, wie ihre Beine schwach wurden.

Bitte, dachte sie, bitte, bitte, bitte ...

Nicht jetzt.

Nicht so.

Nicht nach allem, was sie hinter sich hatten.

Völlig unvermittelt erstarb das Leuchten in Leos Händen.

Prue rührte sich nicht. Es sah aus, als würde sie schlafen. Aber da war immer noch die sich ausbreitende, dunkelrote Lache unter ihr.

»Leo?!«, fragte Piper verwirrt. Sie konnte gar nicht einordnen, was passiert war.

Phoebe sackte in die Knie. Sie begann hemmungslos zu schluchzen.

Leo legte den Kopf in den Nacken. Eine einzelne Träne lief seine Wange hinunter.

Es war sehr still auf der Veranda.

Irgendwo in der Nachbarschaft bellte ein Hund.

Ein Wagen fuhr vorbei.

Prue Halliwell war tot.

7

PHOEBE FAND PIPER AUF dem Dachboden, wo sie im *Buch der Schatten* blätterte.

Beide Schwestern trugen einfache schwarze Kleider.

»Ich habe Daddy erreicht«, sagte Phoebe leise, »er kommt zur Beerdigung.«

Piper nickte, während sie umblätterte.

Sie war sehr blass.

Phoebe trat zu ihr und legte ihr sanft eine Hand auf die Schulter. »Lass gut sein. Wir haben doch alles versucht.«

Piper schüttelte langsam den Kopf. »Ich habe hier einen Zauberspruch gefunden, der eine verlorene Hexe finden kann ...«

»Piper, Prue ist tot. Und vom Tod gibt es keine Wiederkehr«, erinnerte sie Phoebe.

Sie hatten viel geweint in den letzten zwei Tagen.

»Aber nach dem, was du und Leo mir erzählt habt, war ich doch auch tot!«, protestierte Piper.

Phoebe zog ihre Schwester an sich und nahm sie fest in die Arme. »Tempus ist tot. Damit ist die Chance, die Zeit noch einmal zurückzudrehen, dahin.«

Sie schlug sanft das *Buch der Schatten* zu und zog ihre Schwester zur Tür. »Komm, wir haben viel vorzubereiten.«

Piper warf noch einen Blick zurück. »Was wird jetzt aus *den Zauberhaften?*«

»Ich weiß es nicht«, antwortete Phoebe wahrheitsgemäß.

Das erste Mal seit drei Jahren drehte sie den Schlüssel um, nachdem sie die Tür zum Dachboden zugezogen hatte.

Keine der beiden Halliwell-Schwestern sah, wie sich das *Buch der Schatten* von selbst wieder aufschlug und zwar genau an der Stelle, die Piper zuletzt in den Händen gehalten hatte.

Es war ein Zauberspruch, durch den eine verlorene Hexe wieder gefunden werden konnte.

Die Buchstaben begannen, zu glühen.

Das Buch tat seine Arbeit.

Prue Halliwell war tot. Für sie kam jeder Zauberspruch zu spät.

Aber es gab noch mehr verlorene Hexen.

Vielleicht eine Halliwell.

Vielleicht eine *Zauberhafte*.

Vielleicht auch ... eine Zukunft für die *Macht der Drei*.

Neue Abenteuer der Zauberhaften!

ISBN 3-8025-2949-9
Das Drachenschwert

ISBN 3-8025-2950-2
Date mit dem Tod

Egmont vgs verlagsgesellschaft, Köln

www.vgs.de